【中华文化与中华经典系列】

总主编　徐向东

唐宋诗拾趣

主编　龚侃　张林

上海交通大学出版社
SHANGHAI JIAO TONG UNIVERSITY PRESS

内容简介

《唐宋诗拾趣》一书分“历史纵横”“传奇趣谈”“文人情趣”“创作佳话”“风物雅俗”“笔墨妙意”六个章节。在每一章节中，编者选取唐宋两代著名诗人脍炙人口的经典诗歌作品，对诗人生平及作品艺术特点做精要的介绍与赏析，并在此基础上重点介绍与诗人、诗作相关的趣闻典故。使读者在走近诗人生平、了解写作背景、鉴赏诗歌意蕴的基础上，还能进一步了解古典诗歌作品蕴涵的丰富历史文化知识，真切地体会古典诗歌作品阅读品鉴的趣味性和丰富可能性，从而拉近了经典诗人、经典作品与普通古典诗歌爱好者的距离。该书呈现出品读古典诗歌的全新视角。

图书在版编目（CIP）数据

唐宋诗拾趣/龚侃，张林主编. —上海：上海交通大学出版社，2018(2023重印)
(中华文化与中华经典系列)
ISBN 978-7-313-18406-1

Ⅰ. ①唐… Ⅱ. ①龚…②张… Ⅲ. ①唐诗—诗集②宋诗—诗集
Ⅳ. ①I222.74

中国版本图书馆 CIP 数据核字（2017）第 278486 号

唐宋诗拾趣

主　　编：龚　侃　张　林
出版发行：上海交通大学出版社　　地　　址：上海市番禺路 951 号
邮政编码：200030　　电　　话：021-64071208
印　　制：上海万卷印刷股份有限公司　　经　　销：全国新华书店
开　　本：880mm×1230mm　1/32　　印　　张：7.5
字　　数：146 千字
版　　次：2018 年 1 月第 1 版　　印　　次：2023 年 2 月第 2 次印刷
书　　号：ISBN 978-7-313-18406-1
定　　价：49.00 元

总 序

上海交通大学附属中学是上海传统的“四大名校”之一，地处宝山区高境镇。其地因庙而得名，据民国时期《江湾里志》记载：“高境庙，在镇东北殷九图，祀汉陈曲逆侯。”该庙始建于元朝末年，原在吉浦河东侧，文革时因河流改道而划入校内。庙毁于文革时期，今为学校花园“仰晖园”。陈曲逆侯即汉朝开国功臣陈平，被封为曲逆侯，曾“六出奇计”助刘邦夺取天下。司马迁《史记》称其人“常出奇计，救纷纠之难，振国家之患。”正是在这样一位杰出历史人物的庙墟之上，交大附中走过了六十多载的风雨历程。

早在20世纪八九十年代，交大附中就以其优秀的理科教学而闻名沪上，特别是物理学科在当时独树一帜，成为该校的品牌和特色。进入新世纪以来，学校一方面继续巩固理科的优势地位，一方面也逐渐重视文科的建设和发展。近几年来，该校文、史学科的高考成绩始终在区内名列前茅，学生在上海市中学生作文竞赛、中学生古诗文阅读大赛以及上海市青少年科创大赛（社会科学）中也屡创佳绩，我想这与其“文化立校”的发展新策有直接联系。在学校新一轮的发展规划中，徐向东校长明确提出“要通过文化建设丰实办学内涵”的教育理念。他认为：“学校文化综合体现着一所学校的办学品质和学校成员的发展状态，因此，要创生卓越品质，我们需要将文化立校作为一条重要的发展策略。”摆在我们面前的这一套《中华文化与中华经典》丛书，就是学校为配合开展中学文化课程系列而精心打造的校本教材。

该丛书紧扣中华文化与中华经典的核心内容，即以经、史、子、集为分类传统的“四部文明”，旨在引导学生阅读经典，培养兴趣，感知文化，陶冶身心。经部主要是儒家经典著作，如“四书五经”之类；史部主要收录历史以及政治、地理等方面的著作，如《史记》《水经注》等；子部涵盖了哲学、军事、天文、数学、医学、农业、艺术、工商等各方面的内容，如《老子》《庄子》等；集部主要收录总集、别集及其他各种文学作品。由此可见，“四部文明”不仅仅只是文学和历史，它包含了人文科学和社会科学的方方面面，甚至还涉及自然科学。与此相应的是，本丛书也分为四册，曰：中华典故，曰：唐诗宋词拾趣，曰：前秦诸子导读，曰：四部经典导读。典故大多出自经、史、子三部，而诗词则是集部之精粹。因此，从读者的角度而言，学习典故可以夯实基础，阅读诗词可以激发兴趣，而诸子导读和四部经典的选读则是拓展与延伸，四册读本俨然形成了一个循序渐进的学习过程。四部典籍基本上都是古代文言著作，考虑到学生的语言阅读能力，本丛书所选主要以古文和诗词为主，并配以相应的注解和译文。因为古诗文不仅是高中语文的基本教学内容，而且代表了我们民族优秀的传统文化。习近平总书记指出：古诗文经典已融入中华民族的血脉，成了我们的基因。我们现在一说话就蹦出来的那些东西，都是小时候记下的。语文课应该学古诗文经典，把中华民族优秀传统文化不断传承下去。

“百年大计，请从文化始。”我相信，这一套丛书的出版，必将对上海交通大学附属中学的文科建设产生深远影响，也将对学生的文化教育和学校的文化发展起到推波助澜的有效作用。故乐为之序。

彭国忠

华东师范大学中文系教授、博士生导师

2016年10月

序

因为受"一代有一代文学之胜"观念的影响，人们常常将"唐诗"与"宋词"并称，这自然有合理之处，却不免遮蔽了唐五代词和宋诗的成就。特别是宋诗，相比于唐诗而言，不但数量巨大，而且质量也很值得肯定。今人整理的《全宋诗》收诗数量（25 万余首）远迈《全唐诗》（不到 5 万首），其中还出现了欧阳修、王安石、苏轼、黄庭坚、陆游、杨万里等大家。宋代诗歌由此在审美风格上形成了与"唐音"并峙的"宋调"，在"以丰神情韵擅长"的唐诗艺术之后，塑造了"以筋骨思理见胜"的又一种诗歌审美范型。"唐诗、宋诗，亦非仅朝代之别，乃体格性分之殊，天下有两种人，斯分两种诗"（钱锺书《谈艺录》语），只有将唐诗与宋诗"两种诗"合观，才可以真正领略中国诗歌艺术之美。因此，当我拿到这部《唐宋诗拾趣》，看到该书第一首作品乃是陈师道的《春怀示邻里》时，不得不佩服编者的胆识与眼光。因为以陈师道的作品开篇，不仅意味着这部书在体例上打破了一般诗歌选本的时间顺序，而且昭示了编者对宋诗艺术的肯定，反映出他们对中国古典诗歌全面而深刻的认识。把唐诗和宋诗编排在一起，让学生能够认识到古典诗歌艺术的多样性，这对于中学生艺术鉴赏能力的培养而言，确是具有积极意义的。

翻阅全书，更感趣味盎然，我阅读下来，认为此书除了选诗颇具慧眼，还有四大特点可以与读者诸君分享。

首先是体例新颖。该书名为“唐宋诗拾趣”，却并非简单地讲解诗歌写作中的趣事，而是将诗歌文本、作者介绍、作品赏析、趣事典故四个部分组合在一起，又分作历史纵横、传奇趣谈、文人情趣、创作佳话、风物雅俗、笔墨妙意等六大主题，构成了丰富、多维而又统一的整体。它的诗歌赏析，遵循《孟子》“知人论世”和“以意逆志”的传统。“知人论世”是我国古代重要的诗文解读方法，指读者能够联系作者经历及其所处的时代背景来把握作品。该书的作者介绍，常能勾勒出诗人的生平经历，抓住诗人诗歌创作的风格、特点乃至诗学师承，为读者把握作品提供了重要参照。“以意逆志”强调的是“不以文害辞，不以辞害志”，从作品的整体出发，由自身的体会推及作者的本意和主旨。该书在作品赏析中，就能做到由字句而整体，由整体而字句的解读方法，既深入辨析字句之妙，又善于把握作品的精神内核。这是该书的主体部分。接下来，编者又能从作品赏析展开到典故趣事，从而让一首诗引出了更阔大的文化视野。古典诗歌的文本，或用语典，或用事典，总会与其他经史子集中的文本产生联系，用法国文学理论家茱莉亚·克里斯蒂娃的术语来说，它们之间是具有“互文性”的，利用这种“互文性”就可以展开对文本脉络的深入挖掘。典故趣事，让一首诗不再局限于一人一时，而走向了更深远的历史场景，这样的体例结构，较之一般的诗歌选注，显然更具有涵盖度和开放性，给读者提供了更广阔的阅读向导。

其次是赏析精审。诗歌作品在历代的阐释中，会出现多种解读，这既是古典诗歌丰富内涵的体现，也关乎解读者对文本的涵咏深浅。如何深入文本，找到最恰当的解释，是赏析颇费踌躇的事。此书编者在赏析诗歌时，总能够广搜材料加以精细选择，综合诸说而断以己意，为同学们提供最惬当的解释。比如李商隐《锦瑟》一诗的主旨，历来解释至少十余种，有自伤身世说，有爱情悼亡说，有歌咏锦瑟说，有诗集序言说等等，这些主张都能够自成一说，但对于一般中学生而言，从基本语句的理解出发，才是最恰当的途径，其主旨指向自感身世，也最能引起读者共鸣。编者解释此诗语句甚详，而又能列出各家说法以供参考，确是妥当而精审的处理态度。古典诗歌传诵千年，已经远离历史现场，有些时候确实无法确定诗歌写作的具体时地，此时应持科学的态度，不故作高明，乱下判断。如大家熟知的王安石《泊船瓜洲》一首，编者也能将各种写作时地的说法列出，提供给读者参考；引据解读“绿”之炼字，颇示赏诗门径，更是有助于同学们提高诗歌的鉴赏眼光。当然，倘若能进一步指出，王安石原作乃作“春风自绿江南岸”，而非“又绿”则更具学术性。不过，就大众接受而言，“自绿”比较陌生，“又绿”则流传广泛，这里可以不必深究。

复次是涉及广泛。该书虽题仅“唐宋诗”，却因新颖的体例而具有扩展性，故而书中所涉内容非常广泛，而不限于唐宋诗歌。时代能上溯先秦，文本亦兼容四部。如引据即有经部的《周礼》《左传》《孟子》等，史部的《史记》《汉书》《后汉书》《晋书》《新唐书》《旧唐书》等，子部的《庄子》《列子》《山海经》《世说新语》《三国演义》等，集部的《文选》《唐才子传》乃至唐传奇《枕中记》等，这都给读者朋友提供了许多有益的线索。至于入选诗歌的作者，更是广泛代表了唐宋诗坛的各家各派，如初唐时期的“初唐四杰”之王勃、“沈宋”之宋之问，盛唐时期的“山水田园诗派”之王维、“边塞诗派”之王之涣，中唐时期的“韩孟诗派”之韩愈，晚唐时期的“小李杜”之李商隐、杜牧等，唐诗风韵均能尝鼎一脔，窥斑知豹，更不用说代表唐诗的李白、杜甫了。而宋代诗人则有开宋调先河的欧阳修，“元祐体”的代表苏轼、黄庭坚，“江西诗派”的中坚陈师道、韩驹，“中兴四大家”的陆游，“江湖诗派”的戴复古，乃至于“理学诗人”刘子翚，宋末遗响文天祥等，亦可谓贯穿了整个宋诗发展史。在这部参差错落的“拾趣”之作中，实已展现了唐宋诗各个时期的不同风采。

最后是充满趣味。编者不愧是具有丰富教学经验的优秀语文教师，非常善于抓住同学们的学习心理，能够利用诸多趣味性故事来调动大家的学习兴趣，“寓教于乐”“寓乐于教”。诗歌结合趣闻，让读者在欣赏唐宋诗歌之美的同时，还能了解庄周梦蝶、一毛不拔、乌江自刎、投笔从戎、黄粱一梦等经典故事，读到《三国演义》的选段，以及让人忍俊不禁的“李白被骗”

“居大不易”“因诗得名”等诗人传说，乃至由此知晓古人寒食的节序、分茶的习俗等等，将诗情与事趣结成一体，可读性大大增强。

此外，编者还注意吸收新知，如将《本事诗》的作者署为“孟启”而非“孟棨”，显然是关注了学术前沿才会有的举动。以上种种，充分显示出上海交通大学附属中学的语文教学力量，他们是一支功底扎实、经验丰富、充满活力、值得信赖的队伍，相信他们精心编成的此书，一定可以成为同学们增强语文能力、提升文化素养的良师益友。

侯体健

复旦大学中文系副教授、 硕士生导师

2016 年 11 月

目 录

第一章　历史纵横

“滚滚长江东逝水，浪花淘尽英雄。”中国历史上许多豪杰志士在他们自己身处的时代不甘于随波沉浮，他们选择把握命运，坚守道义，践行理想，在追求人生价值的道路上砥砺前行。这些豪杰志士在中华民族悠远绵长的历史中书写了许多可歌可泣、可敬可叹的故事，在波澜壮阔的历史进程中铭记了我们民族的高贵品格和不朽精神。其中不少历史故事被诗人细细雕琢为优美的诗句，历经千年而被人们吟咏至今。

第一节　“网开一面”的故事

宋诗

春怀示邻里

陈师道

断墙着雨蜗成字，老屋无僧燕作家，
剩欲出门追语笑，却嫌归鬓逐尘沙。

风翻蛛网开三面，雷动蜂窠趁两衙。
屡失南邻春事约，只今容有未开花。

作者介绍

陈师道（1053—1101），字履常，一字无己，号后山居士，北宋诗人。彭城（今江苏徐州）人。

陈师道虽然出身于仕宦之家，然而家道到陈师道时已然中落。陈师道在其《先夫人行状》一文中写道："先君以家赀让群弟蓄孤振穷，欲死恤终。夫人同之，不以累其夫。先君卒贫，不能家，夫人以大家子就下养，人以为忧，夫人安之，不以累其子，年高而家益贫。"① 因为自家家境贫寒，陈师道只能无奈地与妻女在岳父家度日。

陈师道颇有才华，年轻时师从著名的文学家曾巩。但他因不认同当时王安石所主导的以经义之学取士的科举政策而不去应试。元丰四年，陈师道的老师曾巩曾经举荐陈师道为官，也因陈师道的布衣身份而没有了下文。此外，当时的执政大臣章惇也想举荐陈师道为官，但陈师道拒不接受，只是回答说："士不传贽为臣，则不见于王公。"②

元祐初年，在苏轼、傅尧俞、孙觉等人的举荐下，陈师道担任了徐州教授。苏轼出任杭州太守，会路过当时的南京（今

---

① 陈师道.《后山居士文集》卷十九，上海古籍出版社，1984 年影印宋刻本。
② 陈师道.《后山集》卷九。

河南商丘），陈师道得知这一消息便离开自己所在郡县前去为苏轼送行。这一举动被人得知后，陈师道被以擅离职守的过失弹劾，幸而不久复职，调颍州教授。

苏轼任颍州太守时，曾表示想要收陈师道为弟子的意愿，陈师道以“向来一瓣香，敬为曾南丰”（《观究文忠公家六一堂图书》）之句，婉言推辞。他们两人虽没有成为正式的师徒，但陈师道与苏轼始终保持着深厚的情谊和紧密的联系，苏轼也仍然在诗歌创作等方面对陈师道细心指导。绍圣元年，陈师道被定为苏轼余党而罢职，后又历任太学博士、秘书省正字等职。

陈师道后虽步入仕途，然而终其一生贫寒之家境并未改变，但陈师道始终安贫乐道，潜心诗艺。由于他常常闭门苦吟，故而有“闭门觅句陈无己”之称。陈师道的文学成就主要在诗歌创作方面，他的诗歌创作受黄庭坚的影响很大，据称他读过黄庭坚的诗后，爱不释手，把自己过去的诗稿尽数烧毁，潜心向黄庭坚学习。后来江西诗派把黄庭坚、陈师道、陈与义列为“三宗”。

诗歌赏析

《春怀示邻里》一诗主要表现了陈师道安贫乐道的闲居心境，也流露出他对世路艰辛的愤慨。

本诗首联“断墙着雨蜗成字，老屋无僧燕作家”中的春雨、蜗牛、飞燕，点题中“春”字。以“断”“老”二字在整体上勾勒出了居处的破旧简陋，是准确凝练之笔。随后，诗人在整体印象之中进行局部特写，通过描写春雨淋湿之后蜗牛在破墙上随意爬行，留下如篆文般的黏液行迹，以及老屋冷清无人居住，任凭燕子飞来做巢的细节，进一步突出了居处的破陋。这两句虽在字面上看是写生活物质条件之艰难，但细细品味，则可以体会到身处其中的诗人生活态度的坦然，甚至从中可以体味到生活的闲趣。诗人所居之处是他自己的家，并不是僧舍寺庙，本应用"无人"二字，然而诗人却代之以"无僧"，是把自己比作一个游方在外的和尚，在自嘲中表现了生活的清贫，以及诗人虽然身处清贫但依旧淡然洒脱的生活态度，为下文张本。

颔联"剩欲出门追语笑，却嫌归鬓逐尘沙"，诗人写自己也想外出寻找欢声笑语，无奈又感到归来之后，鬓角上更会染上沙尘。体会这两句诗，不难体会诗人的言外之意："出门追语笑"暗指在污浊的现实官场中曲意逢迎，而志向高洁、傲然正直的诗人即使身居贫困之境也耻于使自己的精神品格受到那些世俗"尘沙"的污染。诗人实际上通过这两句诗表明了自己坚贞不移的节操，安贫乐道的精神追求。

颈联"风翻蛛网开三面，雷动蜂窠趁两衙"照应首联，将笔触又移回对屋子之破旧的描写上。然而，此中又有了新的内容和意味。屋角蒙上的蜘蛛网"网开三面"，使陷入绝境的昆虫仍有一面可以逃脱。蜂巢在雷声中震动，但那些蜂儿也仍然有秩序地排练队形，就像排衙一般。诗人将自然与人事对比，实则是以自然的有情反衬人世之中的党祸牵连，以及政敌四面张网、罗织构陷的穷凶极恶。将蜜蜂在惊雷之下依然能从容走动与自己面对现实打击时常有途穷之感对比，表现正直之士对世事艰难的感叹。诗人语意曲折，包蕴深沉，耐人寻味。

尾联“屡失南邻春事约，只今容有未开花”写虽然邻家几次以春事相邀，都因未能赴约而失去机会，呼应了题中“示邻里”。“容有”意为“岂容复有”，即不会再有。如今春天过去，已不会再有可供欣赏的鲜花了，充满了遗憾，而这感伤的对象，并不仅仅是凋零的春花，更是诗人对自己生命的缅怀。方回在《瀛奎律髓汇评》中评价此诗：“淡中藏美丽，虚处着工夫，力能排天斡地。”①

“网开一面”的故事

“网开一面”是指把捕禽的网撤去三面，只留一面，使得动物有逃生的出口，以此喻采取宽大仁善的态度，给人一条出路。这个典故源自以下这一段传说。

《史记·殷本纪》中记载，夏朝经历十几代君王后，天子之位传到了桀，而桀是一个荒淫无道的昏君，人们对其极为怨恨，但迫于桀的淫威而敢怒不敢言。商部族的首领汤看到这种情形，便争取民心、推翻夏桀的残暴统治，以解救天下百姓于水深火热之中。

一天，汤在散步时看到一个人在野外张网捕鸟，并在口中

① 陈衍选编．宋诗精华录全译（上）（修订版）[M]．贵州人民出版社，2009。

连续不断地叨念着："无论从哪里来的鸟都能进入我的网里。"汤对那四面张网捕鸟期望能够将鸟一网打尽的人说："你实在太残忍了，鸟儿恐怕要被你捕光了。"说罢，便上前撤掉其中的三面，并祷告说："鸟儿啊，你们愿左飞就往左飞，愿右飞就往右飞，实在不想活了，就进入网里来吧！"

各地人民听说此事，纷纷议论道："商部落的首领汤对飞鸟尚且如此仁慈，对人民一定会更加仁爱，他若能够取代桀，一定会成为一位好君主。"不久，当时四十多个部族先后拥戴汤作为盟主，共举义旗推翻了桀的残暴统治，开创了商这一崭新的时代。汤也成为明君的理想化代表，成为后世仰慕的对象。

第二节 "采薇首阳"的故事

宋诗

南安军

文天祥

梅花南北路，风雨湿征衣。
出岭同谁出，归乡如此归。
山河千古在，城郭一时非。
饿死真吾事，梦中行采薇。

作者介绍

文天祥（1236—1283），字履善，初名云孙，字天祥，宋末政治家、文学家，江西庐陵人。

文天祥十九岁时在庐陵乡校考试中获第一名，被选中贡士后，换以天祥为名，改字履善。二十岁考取进士第一，再改字宋瑞。后因住过文山，自号文山、浮休道人。官至右丞相兼枢密使，封信国公。

德祐元年，文天祥得知元兵大举南下，便在赣州组织义军勤王，护卫临安。次年文天祥请命代表南宋朝廷出使元营与元军议和，与元丞相伯颜在皋亭山针锋相对地进行争辩，遭到扣留。后来，文天祥在镇江伺机逃脱，流亡到通州，又从海路南下至福建与张世杰、陆秀夫等人坚持抗元。祥兴元年，文天祥于五坡岭兵败被俘，被押送到大都关押了四年。在狱中，文天祥屡次被劝降，终因宁死不降，于 1283 年 1 月在柴市慷慨就义，时年四十七岁。后世将文天祥与陆秀夫、张世杰并称为“宋末三杰”。

文天祥在文学创作方面以诗为多，除《指南录》《指南后录》和《吟啸集》外，还有《集杜诗》两百首和少量的词。

文天祥的诗歌创作主要分为两个时期：前期的诗歌风格以清新明快、豪放激昂为主，具有鲜明的战斗精神；后期的诗歌多创作于南宋军事屡遭挫败，王朝倾覆难以挽回之时，多具沉痛悲壮的特点。

诗歌赏析

《南安军》一诗是文天祥五律作品中比较著名的一首。祥兴二年，南宋的最后一个重要军事据点厓山被元军攻陷，宋军全军覆灭，左丞相陆秀夫背着少帝赵昺投海自尽，宣告了享国三百一十九年的宋朝灭亡。当时的文天祥已被俘一年，正被押往北方。五月四日出大庾岭经过南安军时写下此诗。

这首诗的首联“梅花南北路，风雨湿征衣”总写了诗人此行的境况。“梅花南北路”，一方面写出诗人此行是由南向北被押而行，另一方面又流露出天南地北江山易主的沧桑之感。五月本没有梅花，可见此处梅花并不是实景，那么诗人为什么开篇就写梅呢？因大庾岭又名梅岭，诗人由岭之名联想到梅花，顺理成章。更为重要的是，梅花是中国传统文化中在逆境困厄之时保持高洁品质的文化意象，诗人以梅花开篇，表现了在神州陆沉之时自己心中的坚韧刚强。“风雨湿征衣”，表面上实写路途之中冒雨前行的艰辛与狼狈，其实，所谓“风雨”也是暗指时局的困厄，天下的倾覆。这场“风雨”与诗人的点点英雄泪既打湿了诗人的征衣，更打湿了诗人的心。

颔联“出岭同谁出，归乡如此归”表现行程的孤单寂寞。文天祥当时是作为囚徒被押解的，必有看守的兵丁，可以说是欲孤单而不可得的。在这句诗中诗人“同谁出”之问，并不是说无人同出，而是说自己身系拘囚，以这样的方式经过家乡，实是不堪。这正是对此刻自身处境感到深深的悲凉。这两句中重复使用“出”“归”二字，是犯险的用法。然而也正因为这两字的运用，使得诗句铿锵有力，直白矫健，写悲苦而无卑格。

颈联“山河千古在，城郭一时非”承接颔联悲愤的情感，上句化用杜甫《春望》的名句“国破山河在”，加上“千古”二字，突显出诗人对于宋王朝的满腔赤诚以及对于神州光复的强烈期待。下句“一时”二字与上句“千古”形成对照，强调此时元人占据华夏只是历史偶然而短暂的片段，是终究不会长久的，这体现了诗人在逆境中不变的坚贞气节与顽强自信，与之前的梅花意象相照应。

尾联“饿死真吾事，梦中行采薇”，借用伯夷、叔齐坚持节操不食周粟的典故，有力地表明了自己矢志殉国的决绝态度。“饿死真吾事”语言直白却有千钧之力。这力量来源于民族大义，更来源于以伯夷、叔齐为代表的民族精神、民族文化，这是一种文化自信的力量。后来，文天祥以实际的行动兑现了以身殉国的诺言，更令此诗感人肺腑。

“采薇首阳”的故事

孤竹国是三千年前在今河北省东北部一带建国的历史悠久且文化发达的小国。伯夷和叔齐是古代孤竹国的王子。

当时，孤竹国国君墨胎氏生了三个王子，长子名允字公信，后来谥号为伯夷。幼子名致（商代金文作智），字公远，后来谥号为叔齐。

国君生前有意立幼子叔齐为嗣子，继承王位，然而并没有付诸行动。国君死后按照嫡长子继承的传统，长子伯夷应该即位。然而秉性高洁的伯夷认为这样做有违父亲在世时的心愿，于是主动放弃王位逃到国外。国人和大臣遂又推举先王生前属意的弟弟叔齐作国君，而叔齐却认为国君当初没有指定自己继位，如果继承王位会有负于哥哥，也拒绝了王位逃往国外，并和哥哥伯夷一起过着隐居的生活。后来孤竹国国人只能立中子为王。朱熹在《论语集注》中点评道："盖伯夷以父命为尊，叔齐以天伦为重。其逊国也，皆求所以合乎天理之正，而即乎人心之安。"

当时商纣王非常残暴，为了躲避暴政，伯夷、叔齐在北海之滨和东夷人一起生活。后来听说西方有周文王兴起并且大兴仁义，赡养老人，于是伯夷、叔齐便打算一同归附到周。

伯夷、叔齐在去往周的路上正遇到周武王用车拉着周文王的木主，带领大军讨伐无道的商纣王。伯夷、叔齐见到武王后叩马而谏，说："父亲死了还没有安葬，就兴兵动武，这能算作孝吗？商纣王无道，但终究是君主，以臣子身份来讨伐君主这能算作仁吗？"武王的左右卫兵听到伯夷、叔齐如此忤逆周武王，便拔出刀剑来想要杀了他们。此时，在一旁的姜子牙连忙劝解说："这是讲仁义的人呀，不要杀害他们。"便把伯夷、叔齐两人放走了。

后来周武王与商纣王大战于牧野，史书记载当时的战斗非常惨烈，血流成河，甚至盾都漂浮了起来。最终，武王消灭了纣王，建立了周朝。这虽然是消灭暴政、解救苍生的正义之举，然而伯夷、叔齐认为这终究是以下犯上，杀伐过度的做法，有违君子之道，于是发誓不再吃周朝的粮食，一同到首阳山上采食野生的薇菜（也叫“野豌豆”）。采薇时，他们还唱着歌：“上那个西山哪，采这里的薇菜。用那强暴的手段来改变强暴的局面，我真不理解这样做算是对吗？先帝神农啊，虞夏啊！这样的盛世，恐怕不会有了。我们上哪里去呢，真可叹啊！我的生命就要结束了。”最终两人饿死在首阳山上。

伯夷、叔齐让国和以身殉仁义之道的做法受到了孔子“求仁而得仁，又何怨”的高度评价，从此成为志士仁人的典范而流芳于后世。

第三节 “寒食由来”的故事

宋诗

寒食

王禹偁

今年寒食在商山，山里风光亦可怜。
稚子就花拈蛱蝶，人家依树系秋千。
郊原晓绿初经雨，巷陌春阴乍禁烟。
副使官闲莫惆怅，酒钱犹有撰碑钱。

作者介绍

王禹偁（954—1001），字元之，北宋诗人、散文家、史学家，济州钜野人（今属山东）。

王禹偁于太平兴国八年考中进士，历任成武县主簿、大理评事、长洲知县、右拾遗、左司谏、知制诰、翰林学士等职。王禹偁素有雄心大志，他在《吾志》一诗中写道："吾生非不辰，吾志复不卑，致君望尧舜，学业根孔姬。"他为人正直，为官刚正，誓言要"兼磨断佞剑，拟树直言旗"（《谪居感事一百六十韵》），故而敢于直言讽谏，屡屡在朝廷上激浊扬清，也因此屡受贬谪。

宋真宗时，王禹偁上书提出"谨边防""减冗兵，并冗吏"的建议，参与修撰《太祖实录》。他因直书史事，引起宰相的不满，又遭谗谤，于咸平二年再次被贬出京城，因贬所为黄州（今湖北黄冈市），故世称王黄州，后又迁蕲州（湖北蕲春），病死任所。

欧阳修对王禹偁赞赏有加，在滁州时瞻仰其画像并作《书王元之画像侧》。苏轼对王禹偁的人格也予以高度评价，并在《王元之画像赞并序》中赞美王禹偁"以雄风直道独立当世""耿然如秋霜夏日，不可狎玩"。

从文学史的角度看，王禹偁是北宋诗文革新运动的先驱，在诗歌方面推崇杜甫、白居易。诗歌内容多反映社会现实，语言风格清新平易，格调清新旷远。著有《小畜集》《五代史阙文》《小畜外集》等。

诗歌赏析

这首《寒食》写于北宋淳化三年春，当时，王禹偁因论说庐州妖尼道安诬讼徐铉之事而获罪，被贬至商州担任团练副使一职。虽然身在贬谪之中，诗人依然兴致勃勃地描写了商州的自然景色和风土人情，表现了诗人对商山风光人情的喜爱，以及豁达乐观的人生态度。

首联“今年寒食在商山，山里风光亦可怜”即写今年的寒食节在商山度过，点明地点与时节，也点明诗人被贬谪在外的现实处境，点明题旨。其中“可怜”二字是“可爱”的意思，诗人虽然在贬谪之中，却依旧以一种诗意的、审美的眼光和心怀面对生活。“亦”字即是“也”的含义，承认山里风光美好可爱，但其中又暗含着比较的关系。与什么相比？自然是以前的生活环境。实则依然流露出诗人心中些许的失落和淡淡的无奈。这个“亦”字用得含蓄委婉，耐人寻味。

首联是静态全景式的展现，颔联是动态的细节描写。颔联描写了孩童在花丛中捕蝴蝶和百姓在树上系秋千的场景。两幅画面都是用白描的手法描写平凡人家的寻常游乐。诗人在不经意间触摸到了日常生活的平静、安乐，以及百姓在春日中表现出的喜悦、怡然，而这种情味，是身处庙堂之中为案牍所劳的官员心向往之却不可得的。诗人用简单直白的语言加以描写，但构思却十分巧妙。前一句写孩童捕蝴蝶的场面，第二句并未依前句的形式描写荡秋千的场景，而是写系秋千绳的准备，使得整个画面处在一系列连贯的动作之中，秋千欲荡而未荡，更引人遐想，惹人喜爱。

颔联写人，颈联写景，整首诗在艺术表现上动静结合，远近相适，色彩明丽，格调清新，既饱含了诗人对春天自然景物的喜爱之情，又充满浓郁的生活气息。

尾联中，“副使”指诗人自己，说“官闲莫惆怅”实际上是诗人的自我安慰，从反面透露了贬谪之后诗人惆怅无奈的心情，一种微怨之情在不经意间流露于笔端。“酒钱犹有撰碑钱”说的是诗人用替人家写碑记、墓志铭得到的“润笔费”来买酒，可见其生活虽然艰辛清贫，但心境却终究是豁达超然的。

这首诗主要体现了诗人贬谪之后略有惆怅、失落的心理状态，又真实表现了诗人在春光之中走入平民生活，在闲散诗意之中获得自适、自得的心境。两者的结合是自然融洽的。

“寒食由来”的故事

寒食节是诗人创作中常见的题材。除了王禹偁的这首《寒食》之外，涉及寒食节的诗歌还有很多，如苏轼的《和子由寒食》：“寒食今年二月晦，树林深翠已生烟。”；韩翃的《寒食》：“春城无处不飞花，寒食东风御柳斜。”；宋之问的《途中寒食》：“马上逢寒食，途中属暮春。可怜江浦望，不见洛桥人。”；杨万里的《寒食上冢》："梨花自寒食，进节只愁余。"等等。

寒食到底是一个怎样的节日，使得历代诗人的情丝牵系于斯呢？关于寒食，又有着怎样的故事呢？

寒食节，又叫"禁烟节""冷节""百五节"，在清明节前一或二日。在这一天，禁止生火做饭，人们只吃冷食，"寒食节"之名由此而来。沈佺期有《寒食》诗，其中写道："普天皆灭焰，匝地尽藏烟"，就写明了这种风俗。相传青团也是由寒食节而来的。

那么寒食节是缘何而起的呢？

相传春秋时代，晋国公子重耳为了躲避宫廷斗争，被迫流亡国外。期间，重耳历经艰难与屈辱，许多原来追随重耳流亡的人纷纷离他而去，只有介子推等少数几个随从依然忠心耿耿、一路随行。有一天，重耳饿晕了过去，介子推从自己腿上割下一块肉，烤熟了给重耳吃，救了重耳的命。

后来重耳回国即位，成为后来著名的晋文公。晋文公在封赏有功之臣时唯独忘记了此时已经归隐的介子推。经人提醒后，晋文公才想起了介子推，后悔不已，于是马上差人去请介子推上朝受赏封官。

然而，为人清高的介子推面对一再登门的使者总是辞谢不就，晋文公只好亲自去请。介子推不愿见晋文公，竟然背起老母躲进了绵山。晋文公搜山寻找介之推，没有找到，于是听信了旁人放火烧山逼介子推出山的办法。不料，火烧三日，介子推始终没有出现。晋文公上山查看，发现介子推母子两人抱着一棵大柳树已经被烧死了。晋文公悲伤至极，将介子推母子二人安葬在大柳树下。为了纪念介子推，晋文公将这一天定为寒食节，从此每年这天禁忌烟火，只吃寒食。这就是寒食节的来历。

由于寒食节与清明节日期临近，后来逐渐合二为一，发展为集祭扫、踏青、秋千、蹴鞠、牵勾等风俗活动为一体的节日。在这一天人们既慎终追远又踏青游春，赋予生命厚重而丰富的内涵。

第四节　“一毛不拔”的故事

宋诗

和答钱穆父咏猩猩毛笔

黄庭坚

爱酒醉魂在，能言机事疏。
平生几两屐，身后五车书。
物色看王会，勋劳在石渠。
拔毛能济世，端为谢杨朱。

作者介绍

黄庭坚（1045—1105），字鲁直，号山谷道人，晚号涪翁，洪州分宁（今江西修水县）人，北宋著名文学家、书法家，著有《山谷集》《山谷词》。

黄庭坚开创了江西诗派，与杜甫、陈师道和陈与义一同被称为江西诗派的“一祖三宗”。黄庭坚曾游学于苏轼门下，与张耒、晁补之、秦观合称为“苏门四学士”。

黄庭坚幼年便聪颖过人，读书数遍就能背诵。黄庭坚七岁所作的《牧童诗》：“骑牛远远过前村，吹笛风斜隔岸闻，多少长安名利客，机关用尽不如君”，广为人知。八岁时，黄庭坚作诗送人赴举，写下的“万里云程着祖鞭，送君归去玉阶前，若问旧时黄庭坚，谪在人间今八年”诗句，已显露出超越其年龄的非凡才能。

黄庭坚于英宗治平四年进士及第。历任叶县尉、国子监教授、太和知县、著作佐郎、秘书丞。哲宗时期，黄庭坚被召为校书郎，参与《神宗实录》的编写工作，后擢起居舍人。绍圣初年，新党称黄庭坚修编的《神宗实录》“多诬”，于是，黄庭坚被贬为涪州别驾，安置黔州等地，于1105年死于宜州贬所。

黄庭坚在诗歌方面与苏轼并称为“苏黄”，在词作方面与秦观并称“秦黄”，在书法方面与苏轼、米芾、蔡襄并称为“宋代四大家”。

诗歌赏析

这首《和答钱穆父咏猩猩毛笔》是黄庭坚与钱穆父唱和的诗作。钱穆父，名勰，字穆父，杭州人。当时钱穆父在朝中担任中书舍人，因出使高丽而得到了名贵的猩猩毛笔。猩猩毛笔是一种高丽笔，芦管黄毫，健而易乏，旧说是用猩猩毛制成的（见《鸡林志》）。钱穆父得到此笔，就写了一首《咏猩猩毛笔》，黄庭坚以此诗相答，扣住古人用猩猩毛制作毛笔的特点，一方面幽默地表现了猩猩的习性特点，另一方面委婉地流露出自己希望为国家、社会奉献的人生追求。

传说猩猩爱喝酒，能说人话，喜欢穿木屐。古代《唐文粹》中裴炎《猩猩说》记载："阮研使封溪，见邑人云：'猩猩在山谷间，数百为群。'人以酒设于路侧，又爱著屐，里人织草为屐，更相连结。猩猩见酒及屐，知里人设张，则知张者祖先姓字，乃呼名骂云：'奴欲张我！'舍之而去。复自再三，相谓曰：'试共尝酒。'及饮其味，逮乎醉，因取屐而著之，乃为人所擒获。"[①] 可见猩猩是贪小又怕死。"能言机事疏"则是指因为猩猩会说人话所以也就不能守住机密之事。

这首诗中"平生几两屐，身后五车书"也是化用典故。阮孚很爱屐，曾叹息人生短暂，说："未知一生能著几两屐。"（《晋书·阮孚传》）所以"平生几两屐"在这里说的是猩猩因贪小欲而丧生。"五车书"的说法出自《庄子·天下》："惠施多方，其书五车。"猩猩的生命虽然短暂，但是在它死后，用它的毛制成的毛笔却能著书五车。在这里实际上完成了对猩猩形象塑造的转折与升华，由前句表现猩猩性格形象的缺陷，转为肯

---

① 任渊.《山谷诗集注》卷三，中华书局，2003。

定猩猩拔一毛以利天下文化繁兴的价值。

“物色看王会，勋劳在石渠”连用了“王会”和“石渠”两个典故。《逸周书·王会篇》孔晁注为：“王城既成，大会诸侯及四夷也。”“王会”即是周天子会聚四方之意，这里指猩猩笔是来自国外的贡品。班固的《西都赋》中曾经说道：“天禄、石渠，典籍之府。”“石渠”即为汉代的皇家图书馆。这里看似没有直接写猩猩，实际是高度肯定猩猩之毛在制作毛笔时发挥的巨大而长远的作用。

诗歌最后两句“拔毛能济世，端为谢杨朱”，扣住“拔毛”这一共性，将猩猩拔毛制作毛笔、造福世人，与杨朱“拔一毛而利天下，不为也”的态度进行对比，肯定了牺牲自己而兼济天下的人生价值追求，自然巧妙。“端为谢杨朱”句子的意思是说：“看来真该把拔一毛而利天下的道理告诉杨朱才对。”表达非常具有有幽默感。

纪昀曾经评价这首诗：“点化甚妙，笔有化工，可为咏物用事之法。”① 对这首诗将咏物、用典巧妙结合，从而挖掘出所咏之物更深层价值的艺术手法予以高度的肯定。

“一毛不拔”的故事

在现实生活中，我们常用“一毛不拔”来形容一个人吝啬至极。在历史上，提出“一毛不拔”观点的杨朱多被人们认为

① 李庆甲.《瀛奎律髓汇评》卷二七。

是提倡一种极端的利己主义思想，故而广受诟病。虽然杨朱一门并没有著作留传下来具体解释其学说观点，但其论述往往被其他门派的著作引用，如《孟子》中就写道："杨朱氏为我，拔一毛而利天下，不为也。"这就似乎进一步坐实了杨朱的学术观点为一种利己主义思想。

然而，杨朱真的是一个利己主义者吗？其实在战国时期，有"天下之言不归杨则归墨"的说法，可见杨朱的学说在当时的影响很大。对于杨朱的片面认识，一方面缘于杨朱一门学术不兴盛，无著作流传；另一方面也是缘于其他学派在转述、引用杨朱观点时有意无意的望文生义、断章取义。

那么，"一毛不拔"到底是在怎样的语境中被提出的呢？这句话的真意究竟是什么呢？让我们一起回到《列子·杨朱篇》的原文中详看究竟：

禽子问杨朱曰："去子体之一毛以济一世，汝为之乎？"杨子曰："世固非一毛之所济。"禽子曰："假济，为之乎？"杨子弗应。禽子出语孟孙阳。孟孙阳曰："子不达夫子之心，吾请言之。有侵若肌肤获万金者，若为之乎？"曰："为之。"孟孙阳曰："有断若一节得一国，子为之乎？"禽子默然有间。孟孙阳曰："一毛微于肌肤，肌肤微于一节，省矣。然则积一毛以成肌肤，积肌肤以成一节。一毛固一体万分中之一物，奈何轻之乎？"禽子曰："吾不能所以答子。然则以子之言问老聃、关尹，则子言当矣；以吾言问大禹、墨翟，则吾言当矣。"孟孙阳因顾与其徒说他事。

这段故事的大意是：

禽子是杨朱的弟子，他问杨朱："如果拔去你的一根汗毛来救济天下，你会去做吗？"杨朱回答说："一根汗毛本来就不足以救济天下。"禽子追问："假设可以的话是否愿意去做？"杨朱不回答。后来孟孙阳反问禽子："有人损害你的肌肤给你万斤黄金，你愿干吗？"禽子回答："愿意干。"孟孙阳又追问："有人砍断你一段肢体给你一个国家，你愿干吗？"禽子无言以对。孟孙阳接着说："一根毫毛轻于肌肤，肌肤又轻于一段肢体，这是很明白的。但肌肤是由一根根毫毛构成的，肢体又是由一块块肌肤构成的，一根毫毛虽然只是身体的万分之一，难道就可以轻视它吗？"

《列子·杨朱篇》又有记载："古之人损一毫利天下，不与也；悉天下奉一身，不取也；人人不损一毫，人人不利天下，天下治矣！"说的是人们不应该有为了天下牺牲自我的态度，因为正是有了这种思想，就使要求"小我为大我牺牲"具有了合理性和合法性。反过来说，正因为个人没有义务牺牲自我来服务国家，他人也就没有权力要求个人做出不必要的牺牲。看似是利己主义，实际上是对当时贵族统治阶级假借"天下"的名义进行残酷的阶级统治，满足自己私欲的丑行，从学术思想上进行了釜底抽薪的批判。

杨朱这种引导人们珍爱自身、全性保真的思想，在各国连年发动非正义战争、民不聊生的战国时代，是有人道主义的积极价值的。

第五节 “坐观成败”的故事

宋诗

己酉乱后寄常州使君侄

汪 藻

草草官军渡，悠悠敌骑旋。
方尝勾践胆，已补女娲天。
诸将争阴拱，苍生忍倒悬。
乾坤满群盗，何日是归年！

作者介绍

汪藻（1079—1154），字彦章，宋代文学家，绕州德兴人（今属江西）。

汪藻年轻时喜读《春秋左氏传》和《汉书》，于宋徽宗崇宁五年考中进士，先后任婺州观察推官、宣州教授、著作佐郎、宣州通判等。一次，宋徽宗下令群臣作诗为献，汪藻因独领风骚而名声大噪，与胡伸一同被世人赞为“江左二宝”。南宋初期，汪藻曾为兵部侍郎，官至显谟阁大学士，去世后赠端明殿学士。汪藻为官清廉，专著学问，《宋史》评价他：“通显三十年，无屋庐以居。博极群书，老不释卷。”

在诗歌方面，汪藻受到江西派诗人徐俯、洪炎等人的重视，中年后拜韩驹为师，作品受苏轼影响较大。北宋末南宋初，江西诗派曾在文坛上有巨大影响。值得一提的是，汪藻身为江西人却不沾染江西诗派的弊病，这在当时是比较少见的。

汪藻的诗作多触及时事，寄兴深远。其诗作如《己酉乱后寄常州使君侄》四首、《桃源行》《春日》等，或郁愤至深，或别出心裁，或传神新颖，都曾传诵一时。汪藻著有《浮溪集》六十卷。

汪藻擅长写骈体文，如南渡初期的诏令制诰，《元祐太后告天下手书》《建炎三年十一月三日德音》等，因其行文洞达激发，闳丽精深，多被时人所传诵，宋高宗曾以“紫诰仍兼绾，黄麻似《六经》”十字写在团扇上赠送给汪藻。

诗歌赏析

本诗题目《己酉乱后寄常州使君侄》中的“己酉”即宋高宗建炎三年。当年年末，金兵大举南下，连续攻陷建康、常州，继而江东诸郡被逐次攻破，金兵直抵越中。建炎四年正月，宋高宗赵构在温州乘船，沿海南逃。此时的宋军既无作战的实力，更无作战的意志决心，遇战往往望风而逃。

首联“草草官军渡，悠悠敌骑旋”中的“草草”二字，将宋军渡河撤退时的仓皇混乱之态形象地表现出来，也由此体现了军队无心恋战的精神状态。面对如此不堪的宋军，金兵可谓是所向披靡，如入无人之境。“悠悠”二字就将金兵气定神闲、趾高气扬的形象表现出来。“草草”与“悠悠”两相对照，强弱胜负已判，效果是非常强烈、触目惊心的。同时，诗人运用叠词，在听觉上还有延宕的效果，也将战争持续时间长、对百姓伤害大的情状委婉地表现出来。虽然两句都是对客观情况的描写，但是在叠词的对比之中包含着诗人对国家前途的深切担忧，可谓意涵深切。

颔联宕开一笔，运用插叙的手法写了两个典故。第一句“方尝勾践胆”讲的是越王勾践为吴王夫差所败，被俘吴国后立志报仇，韬光养晦、卧薪尝胆，终于实现了灭吴大志。第二句“已补女娲天”讲的是传说中的女娲见天倾东南，于是炼五色石补天。诗人在这里用“方尝”和“已补”意在指出：虽然宋王朝经历靖康之乱，如同越国被灭，苍天倾覆，但南宋政权的建立却如同勾践艰苦复国、女娲补天一般，挽回了神州陆沉的颓势。诗人希望通过这两个典故唤醒人们对王朝中兴的希望。这两个典故一个是历史事实，一个是神话传说，都十分贴切，可见诗人在选材上的用心。

首联到颔联，为一层转折，颔联到颈联，又为一层转折。过去的战绩固然足以自慰，然而从过往回到首联的现实中，战况的发展却又令诗人痛心疾首。“诸将争阴拱”直指当时宋军将领们遇战往往袖手旁观，按兵不动，以致贻误战机。而“苍生忍倒悬”则直接陈明这样的做法给饱受战争蹂躏的百姓带来的巨大伤害。在这一联中，作者表达了对国家百姓的深切同情和对拥兵自重而置国家安危、民族存亡于不顾的将领的强烈谴责，态度鲜明，饱含积郁之情。

从前三联可见，诗人的情感是反复而曲折的。之所以如此，是由于诗人内心的情感是郁积的，是异常强烈的。故而尾联“乾坤满群盗，何日是归年”顺势以直白的话语将内心炽热的情感喷薄写出，成为全诗的高潮。“乾坤满群盗”，一来，写时局之危到了天地之间尽是金兵的地步；二来，在中国传统文化中，古代士人是具有以正乾坤为己任的情怀的。“乾坤”之意不仅是空间意义上的，更是宇宙意义、道德意义上的，“乾坤”中包含的是黎民苍生，是天道是非，应从这个高度理解诗人这句话中所包蕴的情感。

结句“何日是归年”用的是前人诗句。李白在《奔亡道中》写道：“万重关塞断，何日是归年！”杜甫也有“今春看又过，何日是归年”之句。然而，无论是李诗还是杜诗，“何日是归年”表现的都是诗人个人的情感。而汪藻所慨叹的并非全是个人命运遭际，此处的这一叹代表的是所有身受亡国之恨的百姓，代表的是国家、民族的心声，故而更具有动人心魄的强烈震撼力。

“坐观成败”的故事

“拱”是指两手合围，阴拱是说暗中拱手，坐观成败，其典出自《史记·黥布传》。

黥布本姓英，在他年轻时，有一个看相的人对他说：“等你受刑后会称王。”后来他犯罪受了黥刑，故而被称为黥布。在秦末农民起义中，黥布聚集了几千人的队伍北上攻打秦左、右校的军队，后投归项梁。

黥布因骁勇善战而列于众军之首，被楚怀王封为当阳君。项梁死后，黥布听从项羽的调派南征北战，其作战英勇，在当时威震四方。由于黥布战功显赫，故而在项王分封之时，黥布被封为九江王，建都六县。

后来项羽为攻打齐国，向九江征调军队。此时的黥布以病重为托词不愿前往。之后楚军在彭城被刘邦打败，黥布依旧未出兵帮忙，故而引起项羽的怨恨。项羽屡次派使者责备黥布，并召他前往，黥布却因此愈发恐慌，更加不敢前往。

后来，刘邦派使者萧何游说黥布劝其反叛项羽，萧何指出黥布虽名为臣服于楚，实则在项羽最需要其帮助时并没有给予帮助，而是垂衣拱手地观看他们谁胜谁败，这说明黥布并非真心帮助项羽。黥布被萧何的一番言辞说动，同意反叛项羽。

后来“垂拱”“阴拱”就有了坐观成败的意思。《史记》作“垂拱而观其孰胜”。王安石《和吴冲卿雪并示韩持国》一诗中也写道：“胜负观两豪，吾衰但阴拱。”

第六节 “乌江自刎”的故事

宋诗

叠题乌江亭

王安石

百战疲劳壮士哀，中原一败势难回。

江东子弟今虽在，肯与君王卷土来？

作者介绍

王安石（1021—1086），字介甫，号半山，封荆国公，世称王荆公。北宋抚州临川（今江西省东乡县上池村）人，是宋代杰出的政治家、文学家。王安石出身于临江军（今江西樟树）一个地方官家庭，自幼聪颖，读书过目不忘。王安石在青少年时代游历各地，对宋王朝“积弱”的局面有一定认识，《宋史·王安石传》记载他在青年时期便“慨然有矫世变俗之志”。

庆历二年三月，王安石考中进士，授淮南节度签书判官，之后调任鄞县（今浙江省宁波市鄞州区）知县。王安石在地方任职时公正严明，注重实效，大修水利工程，颇有政绩。嘉祐三年，王安石改任三司度支判官，写了历史上著名的《上仁宗皇帝言事书》，在上书中他指出法度必须改革，以求其能“合于当世之变”，并完整地提出了他的变法主张，要求抑制大官僚、大地主的兼并之风和特权，推行富国强兵政策。王安石认为变法的先决条件是培养人才，因此改革科举制度，废明经科目，设明法科目，进士科不考诗赋而改考时务策。

王安石在神宗时先后任翰林学士、参知政事、同中书门下平章事，位至宰相。但是，王安石变法在实施过程中出现了诸如用人不当、忽视百姓实际需求等问题，未能尽得民心，因而受到以司马光为代表的“旧党”的反对。变法之事几经反复，最终以王安石被罢相退居金陵，新法尽废告终。

王安石以“天变不足畏，祖宗不足法，人言不足恤”的精神推动改革，力图革除北宋存在的积弊，推行一系列措施富国强兵，他采取的措施甚至是失败本身，都对北宋后期乃至中国后来的政治、经济、生态产生了非常深远的影响。

王安石在文学上具有突出成就。散文方面为唐宋八大家之一，诗歌方面“学杜得其瘦硬”，擅长说理与修辞，善于用典，风格遒劲有力，警辟精绝，但也有情韵深婉的作品。欧阳修称赞王安石：“翰林风月三千首，吏部文章二百年。老去自怜心尚在，后来谁与子争先。”著有《临川先生文集》，现有《王临川集》《临川集拾遗》行世。

诗歌赏析

《叠题乌江亭》是王安石的一首咏史诗。篇名中的“叠”字说明前人已题，王安石是在前人的基础上吟咏阐发的。想要读懂王安石的这首诗，需要将其与先前杜牧所作的那首著名的《题乌江亭》相互对照。

题乌江亭

杜 牧

胜败兵家事不期，包羞忍耻是男儿。

江东子弟多才俊，卷土重来未可知。

从杜牧的诗中可以看出，诗人认为胜败本是兵家常事，项羽作为堂堂英雄，即使战败，也应有“包羞忍耻”的坚韧品格，加之项羽发迹的江东多有才俊之士，也许还有卷土重来、反败为胜的机会。可见杜牧对项羽的失败自刎是感到惋惜的。

然而，王安石这首诗则反其道而行之，给出了另一种独特见解。

王安石的《叠题乌江亭》开篇“百战疲劳壮士哀，中原一败势难回”直接从项羽霸业的失败写起，指出“垓下之围”的惨败是项羽大势已去的标志。而“势难回”的原因，则在于此时项羽麾下士卒“百战疲劳”，众叛亲离，而项羽自己，则在垓下被围之时咏叹著名的《垓下歌》，其词曰：“力拔山兮气盖世。时不利兮骓不逝。骓不逝兮可奈何！虞兮虞兮奈若何！”项羽在自刎之前又说出“天亡我也，非战之罪也”的悲壮之辞，这正是王安石所谓的“壮士哀”。然而，此歌此语固然悲壮，却也恰恰显现了项羽的刚愎自用，一意孤行，缺乏反思能力，他将失败归咎于虚无缥缈的“天命”，可谓至死不悟。

基于项羽性格上的缺陷及偏狭的历史观，王安石认为项羽的失败看似偶然，实则包含着必然的因素。王诗第二句“势难回”其实是针对杜牧诗中“卷土重来未可知”进行的反驳。

对于项羽思想认识上的狭隘和性格上的刚愎自用，王安石在这首诗歌的后半部分进行了深入剖析：“江东子弟今虽在，肯与君王卷土来？”用反问语气辛辣地指出：即使项羽真的能重返江东，但对这么一个失尽人心而执迷不悟的人，江东子弟也不会再次为他效命。一方面彻底否定了杜牧“卷土重来未可知”

的观点，另一方面明确提出了人心向背在历史发展过程中的重要性。

不得不说，同样是咏史，身为宰相的王安石，对历史政治发展规律的理解要比杜牧深刻得多。

一唐一宋两位诗人，穿越数百年的时空，对同一问题展开对话，各抒己见，其本身所反映出的，既有中国古人对于学问的注重，也有诗歌可以穿越历史、沟通古今，实现与古人情感和思想交流的独特魅力。

"乌江自刎"的故事

项王军壁垓下，兵少食尽，汉军及诸侯兵围之数重。夜闻汉军四面皆楚歌，项王乃大惊曰："汉皆已得楚乎？是何楚人之多也！"项王则夜起，饮帐中。有美人名虞，常幸从；骏马名骓，常骑之。于是项王乃悲歌忼慨，自为诗曰："力拔山兮气盖世，时不利兮骓不逝。骓不逝兮可奈何，虞兮虞兮奈若何！"歌数阕，美人和之。项王泣数行下，左右皆泣，莫能仰视。

于是项王乃上马骑，麾下壮士骑从者八百余人，直夜溃围南出，驰走。平明，汉军乃觉之，令骑将灌婴以五千骑追之。项王渡淮，骑能属者百余人耳。项王至阴陵，迷失道，问一田父，田父绐曰："左。"左，乃陷大泽中，以故汉追及之。项王乃复引兵而东，至东城，乃有二十八骑。汉骑追者数千人。项王自度不得脱，谓其骑曰："吾起兵至今八岁矣，身七十余战，所当者破，所击者服，未尝败北，遂霸有天下。然今卒困于此，此天之亡我，非战之罪也。今日固决死，愿为诸君快战，必三胜之，为诸君溃围，斩将，刈旗，令诸君知天亡我，非战之罪也。”乃分其骑以为四队，四向。汉军围之数重。项王谓其骑曰：“吾为公取彼一将。”令四面骑驰下，期山东为三处。于是项王大呼驰下，汉军皆披靡，遂斩汉一将。是时，赤泉侯为骑将，追项王，项王瞋目而叱之，赤泉侯人马俱惊，辟易数里。与其骑会为三处。汉军不知项王所在，乃分军为三，复围之。项王乃驰，复斩汉一都尉，杀数十百人，复聚其骑，亡其两骑耳。乃谓其骑曰：“何如？”骑皆伏曰：“如大王言！”

于是项王乃欲东渡乌江。乌江亭长舣船待，谓项王曰：“江东虽小，地方千里，众数十万人，亦足王也。愿大王急渡。今独臣有船，汉军至，无以渡。”项王笑曰：“天之亡我，我何渡为！且籍与江东子弟八千人渡江而西，今无一人还，纵江东父兄怜而王我，我何面目见之？纵彼不言，籍独不愧于心乎？”乃谓亭长曰：“吾知公长者。吾骑此马五岁，所当无敌，尝一日行千里，不忍杀之，以赐公。”乃令骑皆下马步行，持短兵接战。独籍所杀汉军数百人。项王身亦被十余创。

顾见汉骑司马吕马童，曰：“若非吾故人乎？”马童面之，指王翳曰：“此项王也。”项王乃曰：“吾闻汉购我头千金，邑万户，吾为若德。”乃自刎而死。

……

太史公曰：吾闻之周生曰“舜目盖重瞳子”，又闻项羽亦重瞳子。羽岂其苗裔邪？何兴之暴也！夫秦失其政，陈涉首难，豪杰蜂起，相与并争，不可胜数。然羽非有尺寸，乘势起陇亩之中，三年，遂将五诸侯灭秦，分裂天下，而封王侯，政由羽出，号为“霸王”，位虽不终，近古以来未尝有也。及羽背关怀楚，放逐义帝而自立，怨王侯叛己，难矣。自矜功伐，奋其私智而不师古，谓霸王之业，欲以力征经营天下。五年卒亡其国，身死东城，尚不觉寤，而不自责，过矣。乃引“天亡我，非用兵之罪也”，岂不谬哉！

——节选自《史记·项羽本纪》[①]

第七节　“投笔从戎”的故事

宋诗

柳州开元寺夏雨

吕本中

风雨潇潇似晚秋，鸦归门掩伴僧幽。
云深不见千岩秀，水涨初闻万壑流。
钟唤梦回空怅望，人传书至竟沉浮。
面如田字非吾相，莫羡班超封列侯。

① 司马迁.《史记》，中华书局，1982。

作者介绍

吕本中（1084—1145），原名大中，字居仁，世称东莱先生。北宋诗人、词人，寿州人（今安徽凤台）。著有《春秋集解》《紫微诗话》《东莱先生诗集》等。

吕本中早年任承务郎，于宋徽宗宣和六年担任枢密院编修官，后迁职方员外郎。高宗绍兴六年，召赐进士出身。吕本中历官中书舍人、权直学士院等职。后因触怒了当时把持朝政的秦桧而被罢官。

吕本中作为江西诗派的代表诗人，在诗歌创作方面颇受黄庭坚、陈师道等人的影响。与此同时，吕本中又向李白、苏轼等大家学习，博采众长，其诗歌明畅灵活，在继承和发展江西诗派风格的同时又避免了江西诗派的艰涩。南渡后，吕本中诗歌的艺术风格有所变化，常常通过作品悲慨时事，表达思乡怀国之情，诗风也更为浑厚。吕本中的词作仅二十七首，呈现出工稳清润、新奇清丽的风格特点。

值得一提的是，日后所谓“江西诗派”的命名，其实来源于吕本中二十岁左右的戏作《江西诗社宗派图》。

诗歌赏析

本诗题目中有“开元寺夏雨”。首句便迅捷点题，以“风雨潇潇”四个字呈现“风雨”，给人强烈的第一印象。“潇潇”二字将雨声之大、风雨之疾体现出来，牢牢抓住了诗中“夏雨”

的特点。写景是为了表现诗人内心的情感。“风雨潇潇”是对夏日大雨的真实描写，“似晚秋”进而将天气与人的内心活动勾连起来。虽是夏日，一场雨却使诗人的心境添上了秋日的丝丝萧瑟之情。首联下句的“鸦归”点出时间是黄昏之时，“门掩”表现了幽居的情景，“伴僧幽”写出僧寺的空旷寂寥。到此，诗人通过意象的巧妙选取呈现出自己惆怅孤苦的心境。

颔联紧承首联，首先从视觉的角度描写大雨过后山中水气弥漫，暮云高涨，层层叠叠的山峰掩藏在云雾之中的不可得见之景，给人迷茫之感，同时为下文做铺垫。接着从听觉角度表现由于大雨刚过，水势上涨，山谷中的涧壑仿佛都发出了哗哗的流水声。这一句化用了顾恺之形容会稽山川之美的句子“千岩竞秀，万壑争流”（《世说新语·言语》）。虽然吕本中的处理同为前一句从视觉角度着笔，后一句从听觉角度着笔，却又有所不同。吕本中笔下的千岩竞秀是视而不可得见的，因为视而不可得见所以转而聆听，承接过渡，自然天成。

经过前两联景物的渲染到颈联，诗人自然而然地进行了情感的抒发。在诗人笔下，由于钟声将诗人从思乡的美梦中唤醒，回到世事沉浮，家国板荡，连家乡亲友也杳无音讯的现实中。这两句，以美梦与现实进行对比，体现出强烈的反差，从而更加强烈地表现出诗人流落在外的思乡之情。同颔联一样，诗人在语言运用上是极为精巧而又不留雕琢之迹的。“钟唤梦回”，唤醒美梦的是钟声，“怅望”本已是伤心至极，再加上一个“空”字，将诗人醒后无可奈何、空虚怅惘的心情写得更加传神逼真。同样的，“竟沉浮”中的“竟”字也沉淀着许多人生况味，留给读者体味。

如果仅仅止于思乡之情，那这首诗无非是众多反映游子思乡之情作品中平庸的一首罢了。然而，诗人在尾联中又添一转，由个人思乡转入对国事、家事的感叹，借李安民与班超的典故，说自己命相不得显贵，既表达了自己对世俗功名的鄙视，又隐隐抒发报国无门的伤感。在结尾之处将诗歌的境界又陡然拔升，可谓不同凡响。

“投笔从戎”的故事

这首《柳州开元寺夏雨》的末句“莫羡班超封列侯”用的是汉代班超的典故。

班超（32—102），字仲升，扶风郡平陵县（今陕西咸阳东北）人。东汉时期著名的军事家、外交家，是史学家班彪的幼子，班超的长兄班固、妹妹班昭也是著名史学家。

班超年轻时不拘小节，但却孝顺恭谨，居家操持很勤苦。少年时代就有大志，广泛阅读典籍，常拿着《春秋公羊传》阅读，故而熟悉历史与外交，口才也很出众。

永平五年，班超的兄长班固被召任校书郎，因此，班超得以随着哥哥一同迁居至京城。当时班超的家境比较贫寒，依靠每日替官府抄写公文换的钱粮维持生活。一天，一个看相的人告诉班超说：“你日后定当在万里之外封侯。”班超问其缘故，那人道："你额头如燕，颈脖如虎，飞翔食肉，这是万里封侯的相貌啊！"

班超每日为官府伏案抄写文书，非常辛苦，曾扔下笔感叹："我身为大丈夫，尽管没有什么突出的计谋才略，但也应该学学在异域建功立业的傅介子和张骞来封侯晋爵，怎么能够老是干这笔墨的事呢？"面对旁人的嘲笑，班超说："凡夫俗子又怎能理解志士仁人的襟怀呢！"后来班超下定决心，投身行伍，留下了"投笔从戎"的典故。

班超凭借自己非凡的政治、军事才能，出使西域三十一年。其间出色地执行了汉王朝"断匈奴右臂"的政策，争取了西域多数国家的支持，分化、瓦解和驱逐了匈奴势力，进而使得汉军战必胜，攻必取。在外交和军事上取得了重大成功，维护了汉朝和西域各国的和平稳定，加强了内地百姓与西域各族的联系，为促进民族融合做出了卓越贡献，被封为"定远侯"。

第八节　"高士严光"的故事

宋诗

钓　台

李清照

巨舰只缘因利往，扁舟亦是为名来。

往来有愧先生德，特地通宵过钓台。

作者介绍

李清照（1084—1155），号易安居士。宋代女词人，被誉为“千古第一才女”，是婉约派词人的重要代表之一。著有《易安居士文集》《漱玉词》（已散佚）。后人有《漱玉词》辑本，今有《李清照集校注》。

李清照出生于一个家境优渥的士大夫家庭，家中藏书甚富。李清照自幼在浓厚的文化氛围中耳濡目染，“自少年便有诗名，才力华赡，逼近前辈。”（王灼《碧鸡漫志》）李清照随父亲生活在繁华的汴京，对生活的好奇心和细腻的观察激发了李清照的创作热情。当《如梦令》（昨夜雨疏风骤）问世后，更是引起了轰动，“当时文士莫不击节称赏，未有能道之者。”（《尧山堂外纪》卷五十四）

李清照在十八岁时嫁给了时年二十一岁的太学生赵明诚。李清照与赵明诚有着共同的文学情趣和生活雅好，在琴瑟和鸣中过着令人羡慕的二人生活。后来李清照的父亲被贬出京，夫家也回到青州的私第，李清照与赵明诚于是开始了屏居乡里的生活。虽然生活艰苦，但李清照与赵明诚的生活依然平静安宁而又充满乐趣，他们一同搜集金石古玩等的生活情景后来都被记录在了李清照的《金石录后序》之中。

李清照四十四岁时，金人大举南侵，北宋朝廷崩溃。李清照与赵明诚在青州多年积攒的金石古玩也被付之一炬，李清照押送剩余的文物辗转流落到了南方，赵明诚却在战乱颠沛中染病而死，剩余的文物在后来的不断颠沛中也丧失了大半。绝境中的李清照再嫁张汝舟，然而遇人不淑，终究以对簿公堂、不欢而散收场。

晚年的李清照在颠沛无助中将赵明诚遗作《金石录》进行了校勘整理，表进于朝廷。李清照晚年颓唐，最终在孤独无助中离开了人世。

李清照的诗词作品以南渡为界分为两个阶段。前期多表现闺阁幽情及悠闲的生活，后期多悲叹身世，感叹家国，情调感伤。在文艺理论方面强调协律，崇尚典雅，反对以作诗文之法作词，对后世有较大的影响。

诗歌赏析

这首诗的第一句“巨舰只缘因利往，扁舟亦是为名来”将“巨舰”与“扁舟”进行对举。虽然“巨舰”与“扁舟”相差悬殊，然而它们都是受到名利的驱使而往来奔忙。其中“亦”字，既表示两者相似，也指出世人为名利竞相追逐，唯利是图的现象是何等普遍。

后两句“往来有愧先生德，特地通宵过钓台”中的“先生”指严子陵，运用了严子陵过钓台的典故，歌颂了他不图名利，在钓台隐居、淡泊不仕的高尚品德。

李清照只用短短二十八个字，就淋漓尽致地描写出了当时天下之人皆卑怯自私的情形，“特地通宵过钓台”中，实则有亡国之人对一个国家、一个民族、一个时代的深切的道德反思。

“高士严光”的故事

本诗中的钓台相传为汉代严子陵垂钓之地。

严光，字子陵，年轻的时候就有清高的美名，并与后来称帝的刘秀一同游学。传说他曾经在平乐山上写出“王莽服诛，光武中兴”的预言，预测了“王莽篡权”和“光武中兴”两个重要的历史事件。

后来，刘秀建立了东汉政权。本可以借此机遇施展才华、谋求高位的严光却出人意料地隐名换姓，在浙江杭州桐庐富春江畔隐居起来，每天垂钓度日。因此，后人将此地命名为桐庐严子陵钓台。

当上皇帝的刘秀想念有大贤大能的故友严光，便下令让人绘制严光的画像到处寻访。有人报称有一男子披着羊裘在湖边垂钓，很像画中人，刘秀怀疑此人就是严光，立刻备车前往。然而严光却避而不见，只是口授使者：“怀仁辅义天下悦，阿谀顺旨要领绝。”后来，刘秀亲自到馆驿中看望严光，严光依旧卧躺不起。刘秀于是亲切地抚摸着严光肚子说：“哎呀！你这个严子陵，为什么不愿意出来辅佐我呢?”严光并不回答，过了很久之后才张开眼睛仔细地注视着刘秀，说道：“士人本来就有自己独立的志向，为什么要来逼迫我呢?”刘秀听罢，只能上车叹息而去。后来刘秀终于成功请严光入宫小住，两人论道旧故。然而刘秀终究不能说服严光出山，严光最终归隐富春山耕读垂钓。

后世将严光以及有关他的典故作为知识分子淡泊名利，面对权贵依然保持人格独立，坚持自我生命姿态的典范而加以传扬。

第九节 “刘备失箸”的故事

宋诗

唐道人言：天目山上俯视雷雨，每大雷电，但闻云中如婴儿声，殊不闻雷震也。

苏 轼

已外浮名更外身，区区雷电若为神。
山头只作婴儿看，无限人间失箸人。

作者介绍

苏轼（1037—1101），字子瞻，号东坡居士。北宋著名文学家、书法家、画家，眉州眉山人。其父为苏洵，其弟为苏辙，世人合称为“三苏”。

苏轼于嘉祐二年进士及第。宋神宗时期，苏轼曾先后在凤翔、杭州、密州、徐州、湖州等地任职。元丰二年，因苏轼反对王安石变法的有关政策措施，力推变法的所谓新党借苏轼诗文中有非议新法的诗句，以“讪谤朝政”的罪名将苏轼下狱查问。因为主管此案的御史台多有乌鸦聚集，被人称为“乌台”，所以这一著名的历史事件就被称为“乌台诗案”。

苏轼出狱后被贬为黄州团练副使，后又改任汝州团练副使。哲宗即位后，以司马光为代表的旧党执政，曾经反对新党的苏轼此时再次登上政治舞台，历任登州知州、中书舍人、翰林学士、知制诰，充任侍读。然而不久后，苏轼又因与司马光等政见不合，主动请求外任，出知杭州、颍州、扬州，后任兵部尚书兼侍读、端明殿学士兼翰林侍读学士、礼部尚书。元祐八年，新党再度执政。绍圣元年，苏轼又被贬为惠州安置，再被贬为琼州别驾、昌化军安置。徽宗即位，调廉州安置、舒州团练副使、永州安置。元符三年，朝廷大赦，苏轼复任朝奉郎，却在北归途中因病卒于常州，谥号文忠。

苏轼是宋代文学成就最高的代表人之一，在诗、词、散文、书、画等方面均取得了很高的成就。其诗题材广阔，清新豪健，善用夸张比喻，独具风格，与黄庭坚并称“苏黄”；其词开豪放一派，与辛弃疾同是豪放派代表，并称“苏辛”；其散文著述宏富，豪放自如，与欧阳修并称“欧苏”，为“唐宋八大家”之一；苏轼亦善书，为“宋四家”之一；工于画，尤擅墨竹、怪石、枯木等。有《东坡七集》《东坡易传》《东坡乐府》等传世。

诗歌赏析

这首诗是苏轼在经历北宋朝廷复杂尖锐的政治斗争之后，

退居杭州任通判时所作。当时的苏轼得以在杭州旖旎的自然风光与淳良谦和的民风民情之中，忘怀政治上的得失起伏，时而投身于百姓之中，为黎民谋福祉，时而结交志趣相和之人，一同游山玩水，吟咏唱和，过着得意自适的生活。

一日，苏轼与一位姓唐的道士一同登杭州天目山，唐道士告诉苏轼一个有趣的现象：当雷雨天气时，从天目山上俯瞰下边，闪电照亮天空，只觉得云彩在脚下，雷声如婴儿啼声，丝毫不觉得是雷震。

由于一般很少有人会在雷雨大作之时登山，所以当隐居于山中的道士告诉苏轼这一特别现象时，立刻引起了苏轼的兴趣。也许，这一自然现象也会使得旁人产生好奇之心，或作为一个谈资以显见识广博，但未必会深加思考。然而，苏轼是一个诗人，更是一个有着丰富人生阅历的思想者，当他得知这一独特自然现象后，引发的却是一段关于人生境界与生活态度的联想、思考与感悟。

这首诗首先以“已外浮名更外身”直抒胸臆地展现了自己的精神境界，此时的苏轼认为自己既已忘却人世的名利，更将个人小我的生死置之度外，在人生境界的超越中获得了更高意义上的生命自由。

在这样坦然放达的状态中，人的精神的伟大与坚韧获得了解放与彰显。即使令常人惊骇甚至视若神明的雷电，在诗人的眼中也只以“区区”二字形容。“区区”者，渺小也，无足轻重也，言其不足挂齿，更无须忧惧。下面一句更是将之视作婴儿啼哭之声。从神明震怒到婴儿啼哭，是在巨大的对比反差之中体现出的，绝不仅仅是对所谓迷信无知的嘲笑与不屑，更是人类在获得理性并具备把握生命方向，具备领悟生命价值的自觉之后展现的崇高的精神伟力。在这种生命精神的自觉之下，人们获得的力量不仅体现在面对神秘自然时的无畏，更体现在对整个人类历史的自觉超越。

在诗歌的最后一句，诗人一跃而站在历史和人类精神的高度，俯视着为功名利害而奔忙、忧惧、惊骇的芸芸众生，发出“无限人间失箸人”的感慨。诗人在这里用的是三国故事中刘备失箸的典故。刘备之所以失箸，缘于功名利禄之心，如若心中坦然自得，定不会闻曹操之语而失色以至借雷声掩盖的地步。苏轼用这个典故，阐发自己对于人生价值的思考和感悟。正因诗中用了这个典故，故而将个体的感悟与思考和整个人类的共同生命境遇联系了起来，使诗人的哲理思考具有了人类整体意义上的意义和穿越历史时空的普遍价值。

以往，论者往往将宋诗重视理性而忽视形象思维的特点看作是一种不足。其实，重视理性，在诗歌中自觉地表现理性恰恰是宋诗的一大特点。如果抛却以唐诗为“正”、以宋诗为“变”的成见，也许宋诗的这种诗人自觉追求的“理趣”也是很值得玩味的。

“刘备失箸”的故事

《三国演义》第二十一回

曹操煮酒论英雄　关公赚城斩车胄（节选）

玄德也防曹操谋害，就下处后园种菜，亲自浇灌，以为韬晦之计。关、张二人曰：“兄不留心天下大事，而学小人之事，何也？”玄德曰：“此非二弟所知也。”两人乃不复言。

一日，关、张不在，玄德正在后园浇菜，许褚、张辽引数十人入园中曰：“丞相有命，请使君便行。”玄德惊问曰：“有甚紧事？”许褚曰：“不知。只教我来相请。”玄德只得随二人入府见操。操笑曰：“在家做得好大事！”諕得玄德面如土色。操执玄德手，直至后园，曰：“玄德学圃不易！”玄德方才放心，答曰：“无事消遣耳。”操曰：“适见枝头梅子青青，忽感去年征张绣时，道上缺水，将士皆渴；吾心生一计，以鞭虚指曰：‘前面有梅林。’军士闻之，口皆生唾，由是不渴。今见此梅，不可不赏。又值煮酒正熟，故邀使君小亭一会。”玄德心神方定。随至小亭，已设樽俎：盘置青梅，一樽煮酒。二人对坐，开怀畅饮。

酒至半酣，忽阴云漠漠，骤雨将至。从人遥指天外龙挂，操与玄德凭栏观之。操曰：“使君知龙之变化否？”

玄德曰："未知其详。"操曰："龙能大能小，能升能隐；大则兴云吐雾，小则隐介藏形；升则飞腾于宇宙之间，隐则潜伏于波涛之内。方今春深，龙乘时变化，犹人得志而纵横四海。龙之为物，可比世之英雄。玄德久历四方，必知当世英雄。请试指言之。"玄德曰："备肉眼安识英雄？"操曰："休得过谦。"玄德曰："备叨恩庇，得仕于朝。天下英雄，实有未知。"操曰："既不识其面，亦闻其名。"玄德曰："淮南袁术，兵粮足备，可为英雄？"操笑曰："冢中枯骨，吾早晚必擒之！"玄德曰："河北袁绍，四世三公，门多故吏；今虎踞冀州之地，部下能事者极多，可为英雄？"操笑曰："袁绍色厉胆薄，好谋无断；干大事而惜身，见小利而忘命：非英雄也。"玄德曰："有一人名称八俊，威镇九州——刘景升可为英雄？"操曰："刘表虚名无实，非英雄也。"玄德曰："有一人血气方刚，江东领袖——孙伯符乃英雄也？"操曰："孙策藉父之名，非英雄也。"玄德曰："益州刘季玉，可为英雄乎？"操曰："刘璋虽系宗室，乃守户之犬耳，何足为英雄！"玄德曰："如张绣、张鲁、韩遂等辈皆何如？"操鼓掌大笑曰："此等碌碌小人，何足挂齿！"玄德曰："舍此之外，备实不知。"操曰："夫英雄者，胸怀大志，腹有良谋，有包藏宇宙之机，吞吐天地之志者也。"玄德曰："谁能当之？"操以手指玄德，后自指，曰："今天下英雄，惟使君与操耳!”玄德闻言，吃了一惊，手中所执匙箸，不觉落于地下。时正值大雨将至，雷声大作。玄德乃从容俯首拾箸曰：“一震之威，乃至于此。”操笑曰：“丈夫亦畏雷乎?”玄德曰：“圣人迅雷风烈必变，安得不畏?”将闻言失箸缘故，轻轻掩饰过了。操遂不疑玄德。后人有诗赞曰：“勉从虎穴暂趋身，说破英雄惊杀人。巧借闻雷来掩饰，随机应变信如神。”

天雨方住，见两个人撞入后园，手提宝剑，突至亭前，左右拦挡不住。操视之，乃关、张二人也。原来二人从城外射箭方回，听得玄德被许褚、张辽请将去了，慌忙来相府打听；闻说在后园，只恐有失，故冲突而入。却见玄德与操对坐饮酒。二人按剑而立。操问二人何来。云长曰：“听知丞相和兄饮酒，特来舞剑，以助一笑。”操笑曰：“此非‘鸿门会’，安用项庄、项伯乎?”玄德亦笑。操命：“取酒与二‘樊哙’压惊。”关、张拜谢。须臾席散，玄德辞操而归。云长曰：“险些惊杀我两个!”玄德以落箸事说与关、张。关、张问是何意。玄德曰：“吾之学圃，正欲使操知我无大志；不意操竟指我为英雄，我故失惊落箸。又恐操生疑，故借惧雷以掩饰之耳。”关、张曰：“兄真高见!”

——罗贯中：《三国演义》，人民文学出版社，1998年版

第十节　“霓裳羽衣曲”的故事

唐诗

霓裳羽衣舞歌

白居易

我昔元和侍宪皇，曾陪内宴宴昭阳。千歌百舞不可数，就中最爱霓裳舞。舞时寒食春风天，玉钩阑下香案前。案前舞者颜如玉，不著人家俗衣服。虹裳霞帔步摇冠，钿璎累累佩珊珊。娉婷似不任罗绮，顾听乐悬行复止。磬萧筝笛递相搀，击擫弹吹声逦迤。散序六奏未动衣，阳台宿云慵不飞。中序擘騞初入拍，秋竹竿裂春冰坼。飘然转旋回雪轻，嫣然纵送游龙惊。小垂手后柳无力，斜曳裾时云欲生。烟蛾敛略不胜态，风袖低昂如有情。上元点鬟招萼绿，王母挥袂别飞琼。繁音急节十二遍，跳珠撼玉何铿铮。翔鸾舞了却收翅，唳鹤曲终长引声。当时乍见惊心目，凝视谛听殊未足。一落人间八九年，耳冷不曾闻此曲。湓城但听山魈语，巴峡惟闻杜鹃哭。移领钱塘第二年，始有心情问丝竹。玲珑箜篌谢好筝，陈宠觱栗沈平笙。清弦脆管纤纤手，教得霓裳一曲成。虚白亭前湖水畔，前后祗应三度按。便除庶子抛却来，闻道如今各星散。今年五月至苏州，朝钟暮角催白头。贪看案牍常侵夜，不听笙歌直到秋。秋来无事多闲闷，忽忆霓裳无处问。闻君部内多乐徒，问有霓裳舞者无。答云七县十万户，无人知有霓裳舞。唯寄长歌与我来，题作霓裳羽衣谱。四幅花笺碧间红，霓裳实录在其中。千姿万状分明见，恰与昭阳舞者同。眼前仿佛睹形质，昔日今朝想如一。疑从魂梦呼召来，似著丹青图写出。我爱霓裳君合知，发于歌咏形于诗。君不见，我歌云：惊破霓裳羽衣曲。又不见，我诗云：曲爱霓裳未拍时。由来能事皆有主，杨氏创声君造谱。君言此舞难得人，须是倾城可怜女。吴妖小玉飞作烟，越艳西施化为土。娇花巧笑久寂寥，娃馆苧萝空处所。如君所言诚有是，君试从容听我语。若求国色始翻传，但恐人间废此舞。妍媸优劣宁相远，大都只在人抬举。李娟张态君莫嫌，亦拟随宜且教取。

作者介绍

白居易（772—846），字乐天，号香山居士，又号醉吟先生。白居易祖籍太原，到其曾祖父时迁居下邽，生于河南新郑，是唐代伟大的现实主义诗人。官至翰林学士、左赞善大夫。白居易与元稹共同倡导新乐府运动，世称“元白”，与刘禹锡并称“刘白”。白居易创作的诗歌题材广泛，形式多样，语言平易通俗。846年，白居易在洛阳逝世，葬于香山。有《白氏长庆集》

传世，代表诗作有《长恨歌》《卖炭翁》《琵琶行》等。

诗歌赏析

霓裳羽衣舞是唐代融诗歌、音乐、舞蹈于一体的大型宫廷舞蹈。白居易的这首《霓裳羽衣舞歌》以细致的笔触描绘了霓裳羽衣舞演出时的场景，使千百年之后的读者得以感受大唐的气度风华。

全诗开篇，诗人就在“我昔元和侍宪皇，曾陪内宴宴昭阳。千歌百舞不可数，就中最爱霓裳舞”四句中以皇宫里的“千歌百舞”为霓裳羽衣舞做衬，以“最”字强烈鲜明地表达了对霓裳羽衣舞的喜爱，点明了全诗题旨。

“舞时寒食春风天……击擫弹吹声逦迤”中诗人先点明舞蹈的时节在春季，春天的柔美可人与舞蹈的婀娜多姿相映成趣。而“玉钩阑下香案前”则是通过描写优美高雅的演出环境为下面即将展现的舞蹈之美蓄势。“案前舞者颜如玉，不著人家俗衣服。虹裳霞帔步摇冠，钿璎累累佩珊珊”描写了舞者美貌的容颜，和天仙般的服饰，舞蹈的视觉效果自然不同凡响。“娉婷似不任罗绮，顾听乐悬行复止”既承接上面两句描写舞女的衣着和配饰，又进一步描写了舞女袅娜的身姿和瞻顾不定的步态，舞蹈传递给观众的无限情味跃然纸上。“磬萧筝笛递相搀，击擫弹吹声逦迤”中，以“磬萧筝笛”写出作为大型宫廷舞蹈的霓裳羽衣舞所用器乐之繁多，以“击擫弹吹”表现乐师演奏手法之多变。而“递相搀”与“声逦迤”以形象的笔触表现了不同乐器、不同演奏手法，娴熟地相互配合带给聆听者一场听觉盛宴。以上观赏舞蹈的丰富感受都被诗人以细腻生动的笔触进行了工笔描绘，使得一位位舞者的形象仿佛跃然纸上，清晰可感，优美的画面如同瑶池仙境一般令人向往。

“散序六奏未动衣，阳台宿云慵不飞”描写音乐虽响，但舞女们还只是伫立着，并没有开始舞蹈。这一句中的“慵”字富有神韵，情态可掬。“飞”字则暗示了即将演出的舞蹈之轻盈，引人遐想。当演奏起“中序”的音乐时，舞女们瞬即开始了她们的舞蹈。“飘然转旋回雪轻，嫣然纵送游龙惊”句中的“雪”和“游龙”，不仅以比喻的手法写出了舞女舞姿的灵动变幻，也暗合了上一句中的“飞”字，可谓呼应巧妙。随后，诗人又用柳条和流云设喻，表现舞蹈动作的轻柔变幻，写出舞蹈带给欣赏者的情感共鸣和奇妙联想，可谓引人入胜。

“当时乍见惊心目，凝视谛听殊未足。一落人间八九年，耳冷不曾闻此曲”表现了诗人欣赏霓裳羽衣舞时如痴如醉、激动感慨的状态，也写出了诗人不能再欣赏此舞后的怅然若失。

白居易在杭州时，曾经利用闲暇时光召集舞者排练霓裳羽衣舞。然而随着白居易的离任，众舞者也就“闻道如今各星散”了，诗人几年的心血遂随之付诸东流。“今年五月至苏州……发于歌咏形于诗”主要表现白居易心中久久不能忘却霓裳羽衣舞，在苏州时听说元稹的部属中多有能歌善舞者，于是写信去询问，元稹于是以《霓裳羽衣谱》相赠。白居易览《霓裳羽衣谱》，便觉昔日美轮美奂的舞蹈在记忆中又鲜活了起来，“眼前仿佛睹形质”“疑从魂梦呼召来”等语句都表达了诗人的激动与喜悦。最后白居易因“但恐人间废此舞”，决心以《霓裳羽衣谱》为依据，在苏州重新教练舞者排演。

《霓裳羽衣舞歌》叙述了霓裳羽衣舞在几十年间的沧桑变化，内容丰富，情节曲折，同时也使读者得以一窥大唐歌舞的气象，感受诗人对于艺术之美的痴迷。

“霓裳羽衣曲”的故事

《霓裳羽衣曲》及配合其乐曲演出的舞蹈《霓裳羽衣舞》均是盛唐宫廷歌舞艺术中极负盛名的代表作，也因为白居易所作的《长恨歌》而令后世文人神往。《长恨歌》中有“骊宫高处入青云，仙乐风飘处处闻。缓歌慢舞凝丝竹，尽日君王看不足。渔阳鼙鼓动地来，惊破霓裳羽衣曲。”

这一舞曲据说为唐玄宗所作。传说玄宗曾登三乡驿，望女几山，有感于神仙之事，回宫后遂作此曲。刘禹锡有《三乡驿楼伏睹玄宗望女几山诗小臣斐然有感》，诗云：“开元天子万事足，惟惜当时光景促，三乡陌上望仙山，归作霓裳羽衣曲……”关于《霓裳羽衣曲》还有另一个传说：相传道士罗公远于中秋夜侍玄宗游月宫，在月宫中见仙女数百素练宽衣，舞于广庭。玄宗问这是什么曲子，舞女回答说是《霓裳羽衣曲》。玄宗记住其声调，次日清晨便命伶官依声调谱曲，命名为

《霓裳羽衣曲》。也有说法认为，《霓裳羽衣曲》是开元年间西京节度使杨敬述创作后进呈给皇帝的。郑嵎在《津阳门诗注》中写道："叶法善引上入月宫。时秋已深，上苦凄冷，不能久留，归。于天半尚闻仙乐，及上归，且记忆其半，遂于笛中写之。会西凉都督杨敬述进《婆罗门曲》，与其声调相符，遂于月中所闻为之散序，用敬述所进曲作其腔，而名《霓裳羽衣曲》。"

第十一节 "乌台诗案"的故事

宋诗

王复秀才所居双桧二首（其二）

苏 轼

凛然相对敢相欺，直干凌空未要奇。

根到九泉无曲处，世间惟有蛰龙知。

作者介绍

见40页。

诗歌赏析

从标题来看，苏轼的这首诗是写给钱塘秀才王复的。王复其人通晓医术，常常在家乡行医，悬壶济世，受到广大群众的赞美。王复在候潮门外的家中庭院种植了两棵桧树，苏轼这首诗就是以秀才王复家这两棵桧树为题材创作的。

首句“凛然相对敢相欺”直写两棵桧树的位置关系是相对而立的。句中的“敢”为“不敢”之意，表现出两棵古树昂然挺立，具有凛然不可侵犯的气势。首句语言精简，又使被描写的景物形神兼备。第二句“直干凌空未要奇”紧接首句写对双桧凛然之姿的直观感受，进一步描写笔直伸向天际的树干直入云霄的姿态。句中的“未要奇”则是诗人对桧树秉性端直、不标新立异的评价与肯定。这首诗的第一二句都巧妙地做到了写景既突出其特点而又显其精神，笔法精简。

第三句“根到九泉无曲处”转而写桧树的树根深入土地之中，甚至直至九泉深处。即使是桧树深入土地之中不为人所见的树根，也如同地面上的枝干一样是笔挺、无一丝一毫弯曲之态的。这一句对上面两句描写树干的诗句而言是“转”，就其表现双桧挺立刚直的精神品质而言则是“合”，只是角度有所差异。全诗最后一句“世间惟有蛰龙知”，则是对此前各句内容的总括与深华，强调双桧傲然刚直的秉性不仅仅体现在可见枝干，还表现在只有地下蛰居之龙可识的不为人知之处，从而更显出桧树精神之可贵。整首诗以树喻人，赞美王复刚直磊落的性格、表里如一的高贵品质和君子风范。

“乌台诗案”的故事

这首《王复秀才所居双桧》是苏轼四十四岁时所作。从诗本身来看，这首诗在苏轼异彩纷呈的诗歌作品中未必算得上是佳作。然而，这首诗却与一件改变苏轼人生道路，改变宋代政治与文学发展走向，影响远波清朝文字狱，影响中国政治与文学关系的事件有关，这个事件就是历史上著名的“乌台诗案”。

王安石变法使当时的北宋朝廷暗潮涌动，人心不定。苏轼体恤民情，陈说变法的弊端，曾在《上神宗皇帝书》里说王安石“招来新进勇锐之人，以图一切速成之效”，结果“近来朴拙之人愈少，而巧进之士益多”。苏轼对新党的批评引起了新党集团的不满与记恨。

乌台诗案发生于元丰二年。当时苏轼移任湖州，到任后在谢恩表中有“陛下知其愚不适时，难以追陪新进；察其老不生事，或能牧养小民”的句子。当时的御史何正臣认为“难以追陪新进”暗中藏有对王安石新政以及新党政治人物的讽刺，于是便以苏轼讥刺朝政为由上表弹劾苏轼，而御史李定也指出苏轼四大可废之罪。监察御史台里行舒亶也“潜心钻研”苏轼的诗集，对苏轼的诗歌随意曲解，牵强附会，弹劾说：“至于包藏祸心，怨望其上，讪渎谩骂，而无复人臣之节者，未有如轼也。盖陛下发钱（指青苗钱）以本业贫民，则曰‘赢得儿童语音好，一年强半在城中’；陛下明法以课试郡吏，则曰‘读书万卷不读律，致君尧舜知无术'；陛下兴水利，则曰'东海若知明主意，应教斥卤（盐碱地）变桑田'；陛下谨盐禁，则曰'岂是闻韶解忘味，尔来三月食无盐'；其他触物即事，应口所言，无一不以讥谤为主。"①

于是苏轼被御史台收押审问。御史台官署内遍植柏树，树上多有乌鸦栖息筑巢，当时的人们就把御史台称为"乌台"。由于苏轼这一案件是由监察御史提出告发，后又在御史台狱受审，并且罪名由诗而起，于是这一事件在历史上就被称为"乌台诗案"。

在此期间，沈括曾指《王复秀才所居双桧》一诗中"根到九泉无曲处，世间惟有蛰龙知"之句有对皇帝的隐刺，认为皇帝如飞龙在天，苏轼却要向九泉之下寻蛰龙，不臣莫过如此，以此指控苏轼大逆不道。好在神宗毕竟不是糊涂之人，答道："诗人之词，安可如此论？彼自咏桧，何预朕事？"

在狱中的苏轼生死未卜，一日数惊，承受着巨大的精神压力。他在《狱中寄子由》中曾写道："梦绕云山心似鹿，魂飞汤火命如鸡。"在等待最后判决期间，苏轼的儿子苏迈每天去监狱给他送饭。由于父子不能见面，所以两人早在暗中约定：平时只送蔬菜和肉食，如果有死刑判决的坏消息，就改送鱼，也好早有思想准备。一日，苏迈出京，便将为苏轼送饭一事委托远亲

① 徐乾学.《资治通鉴后编》，见文渊阁《四库全书》第342—345册，上海古籍出版社，1987。

代劳，偏巧那位不明就里的远亲送饭时，给苏轼送去了一条鱼。苏轼一见大惊，以为自己这回凶多吉少，便以极度悲伤之心，为弟苏辙写下两首诀别诗《狱中寄子由》。第一首写道："圣主如天万物春，小臣愚暗自亡身。百年未满先偿债，十口无归更累人。是处青山可埋骨，他年夜雨独伤神。与君世世为兄弟，更结人生未了因。"第二首写道："柏台霜气夜凄凄，风动琅珰月向低。梦绕云山心似鹿，魂飞汤火命如鸡。眼中犀角真吾子，身后牛衣愧老妻。百岁神游定何处？桐乡知葬浙江西。"身在狱中的苏轼明白这些诗作写好之后，监狱官吏是要上呈给皇帝的。想着若是耽搁两天，说不定可以使皇帝收回成命。

当时朝中也有不少人为苏轼求情，就连新党领袖王安石也劝神宗说："圣朝不宜诛名士。"最终，在太皇太后曹氏以及大臣章惇等人的努力下，神宗对苏轼从轻发落，贬为检校尚书水部员外郎、充黄州团练副使、本州安置，不得签署公事。轰动一时的"乌台诗案"就此结束。

然而，这一事件使得苏轼的个人命运与文学风格发生了巨大的变化，并开启了后世文字狱的大门，对中国文学与政治的关系产生了深远的影响。

第二章　传奇趣谈

在中华民族悠久的历史中留下了无数瑰丽动人的传奇故事。这些传奇趣谈有的来源于上古的神话传说，有的脱胎于民间的文艺创作，有的则出自文人的浪漫想象。这些传奇故事或令人拍案惊奇，或令人唏嘘感叹，都在历史长河中融入中国人的共同文化基因，体现了中国人对真、善、美的朴素追求，成为我们民族的共同记忆。

第一节　“娥皇女英”的故事

宋诗

雨中登岳阳楼望君山

黄庭坚

其一

投荒万死鬓毛斑，生出瞿塘滟滪关。

未到江南先一笑，岳阳楼上对君山。

其二

满川风雨独凭栏，绾结湘娥十二鬟。
可惜不当湖水面，银山堆里看青山。

作者介绍

见 16 页。

诗歌赏析

这两首诗写于黄庭坚遭遇贬谪六年多后，放还回乡之际。绍圣二年，黄庭坚因编修《神宗实录》而被章敦、蔡卞及其党羽污蔑构陷，被谪官涪州别驾，黔州安置，进入了当时偏远闭塞的蜀地，元符元年再徙戎州。在贬谪的七年间，黄庭坚坚守自己的节操，虽身处逆境但自适自得。元符三年，黄庭坚被放还。

在回乡的路上，黄庭坚顺江而下，冒雨登上岳阳楼。据任渊《黄庭坚诗谱》记载，这两首诗的手稿上有跋："崇宁之元正月二十三日，夜发荆州，二十六日至巴陵（今岳阳），数日阴雨不可出。二月朔旦，独上岳阳楼。"可以说，这两首诗是能够真实地反映出当时已是五十七岁的黄庭坚，经历七年贬谪、遇赦之后的心境的。

第一首诗的首句"投荒万死鬓毛斑"，以"投荒"写出诗人的贬谪境遇，从"荒"字可见，地处边缘闭塞之地生活的艰难。

紧承的“万死”犹言“九死一生”，将其中的艰辛困苦进一步强调出来。而这一切的艰难困苦以及人生七年岁月的蹉跎，最直观的表现就是“鬓毛斑”——两鬓斑白。诗中的外貌描写饱含着诗人内心的沉痛与悲哀。“生出瞿塘滟滪关”一句点明了诗人此时的心境，劫后余生，获得放还，为下面两句的喜悦之情作了铺垫。

“未到江南先一笑”，语言直白，但“未到”“先”却将诗人内心按捺不住的欣喜非常生动地表现出来。“一笑”并非笑一次，而是开怀畅快之笑。未到家乡既已如此，那么回乡之后的欣喜将到怎样的程度自然可以想到。全诗以“岳阳楼上对君山”这一动作结尾，此时诗人在面对君山之时，是回首人生还是期盼前路？抑或是兼而有之？还是另有所思？诗人没有直写，只是留下了一个静止的画面，供读者自己去吟味和体会，正可谓是不写而写，余韵无穷。

第二首开篇有“满川风雨”四个字，既是对诗人当日冒雨登临岳阳楼实景的展现，又是暗指残酷党争背景下风雨欲来的政治形势。正是在这样的背景之下，才能够衬托出“独凭栏”的诗人形象。这里的“独”字，固然点出了诗人落寞、孤独的苦闷，但这也正是诗人坚守心中那一份道义的结果。可以说，是诗人自己选择了“独”的生命姿态，这其中是有一份强烈的自尊和自豪的。

第二句“绾结湘娥十二鬟”则是由上句“独凭栏”顺势而写所见君山群峰的样子，好似湘娥女神头上的十二个发髻，一方面形象地描摹景色，另一方面也使得普通的山水带上了灵秀之气。

第三、第四句由眼前实景宕开一笔，以“可惜不当湖水面，银山堆里看青山”虚写身在波涛荡漾的湖水中近距离观看青山的景象。登楼远望而遇风雨本是一件遗憾之事，然而诗人却渴望置身于风涛之中，近距离感受湖山之壮丽，巧妙地运用虚实结合的写法，通过诗意的语言使得所见之景与不得见之景在文学中两全展现。诗人虽然经历贬谪的打击但依然对生活中的美好饱含期待，足见诗人胸襟之开阔。

“娥皇女英”的故事

传说尧帝的两个女儿分别名叫娥皇、女英，两人后来都成为舜帝的妃子。舜帝晚年到南方巡视，在一个叫做苍梧的地方突然离世。娥皇和女英听闻噩耗便一路痛哭着来到苍梧，她们的眼泪滴洒在竹子上留下了斑斑泪痕，这就是传说中“斑竹”的由来。然而，痛哭也难以宣泄两位妃子失去夫君的悲痛之情，最终娥皇、女英竟都投水殉情，留下了令后人唏嘘的爱情传说。娥皇、女英也由此成为湘水的女神，被称为“湘妃”或“湘夫人”。

另据《山海经》记载，湘夫人化身为神鬼之后性情大变，经常在湘水中兴风作浪，把怒气发泄于人间。又有说法认为，“湘妃”与“湘夫人”另有传说，与娥皇、女英本无关联，只是后人附会，将两个不相干的传说杂糅在一起。总之，有关舜帝究竟因何而死，湘妃与湘夫人究竟是否是同一个故事，历来莫衷一是，这就使得这个传说故事在浪漫动人之余，又有一丝神秘色彩。

后世有不少文学作品，不是受到了湘妃故事的启发就是借此典故来表达情感。如张衡《西京赋》中的："感河冯，怀湘娥。"李善注引王逸的《楚辞注》曰："言尧二女，娥皇、女英随舜不及，堕湘水中，因为湘夫人。"晋代郭璞的《江赋》："奇相得道而宅神，乃协灵爽於湘娥。"《全唐诗》卷七八五载《斑竹》诗："殷痕苦雨洗不落，犹带湘娥泪血腥。"明代莫止的《奉送大司马刘公归东山草堂歌》写道："湘娥含笑倚竹立，山鬼窈窕堂之侧。"

九歌·湘夫人

屈 原

帝子降兮北渚，目眇眇兮愁予。
袅袅兮秋风，洞庭波兮木叶下。
登白薠兮骋望，与佳期兮夕张。
鸟何萃兮苹中，罾何为兮木上。
沅有芷兮澧有兰，思公子兮未敢言。
荒忽兮远望，观流水兮潺湲。
麋何食兮庭中？蛟何为兮水裔？
朝驰余马兮江皋，夕济兮西澨。

闻佳人兮召予，将腾驾兮偕逝。
筑室兮水中，葺之兮荷盖；
荪壁兮紫坛，播芳椒兮成堂；
桂栋兮兰橑，辛夷楣兮药房；
罔薜荔兮为帷，擗蕙櫋兮既张；
白玉兮为镇，疏石兰兮为芳；
芷葺兮荷屋，缭之兮杜衡。
合百草兮实庭，建芳馨兮庑门。
九嶷缤兮并迎，灵之来兮如云。
捐余袂兮江中，遗余褋兮澧浦。
搴汀洲兮杜若，将以遗兮远者；
时不可兮骤得，聊逍遥兮容与！

第二节　“子规啼血”的故事

宋诗

送　春

王　令

三月残花落更开，小檐日日燕飞来。
子规夜半犹啼血，不信东风唤不回。

作者介绍

王令（1032—1059），初字钟美，后改字逢原，原籍元城（今河北大名），后迁至广陵（今江苏扬州）。五岁时父母双亡，青年时期在江南一代以授徒为生。二十一岁时，“生太平世，读书学古，自少壮期切切以自奋进，裨补当世之万一”，可却以“何意甚困踬，不及庸常儿”（《壬辰三月二十一日读李翰林墓铭云少以任侠为事因激素志示杜子长》）为理由放弃了科举考试并且再也没有踏足科举考场。他在另一首《快哉行呈诸友兼简仲美》中写道：“百岁只如梭过机，安能跼促努筋力，眼穿仰望丹桂枝?”王令认为人生短暂，贵在自适，为在科场折桂而辜负生命韶光并不值得。

元和元年，王令二十二岁时，王安石由舒州通判被召入京，途经高邮，王令便投书给王安石求见，并赠以《南山之田》一诗。比王令年长十一岁的王安石非常赏识王令的才华，在回信中赞王令“足下之材，浩乎沛然，非某之所能及”“足下之行，学为君子而方不已”。[①] 于是两人频繁通信往来，结为莫逆之交。

嘉祐三年，受益于王安石的赞誉提携，王令逐渐成为江淮一带颇负盛名的诗人。在王令二十七岁之际，王安石更是将自己妻子的堂妹嫁给了王令。然而不幸的是，次年王令便在贫病交加中离世，年仅二十八岁。王安石《思王逢原》一诗中“妙

---

① 王令著，沈文倬校点.《王令集》卷一之《南山之田赠王介甫》，上海古籍出版社，2011。

质不为平世得，微言惟有故人知”的诗句便表达了对王令才高命短、不为世用的惋惜。

王令的生命是短暂的，然而在他十年创作时间内，却写出了七十多篇散文和四百八十多首诗。王令的诗歌代表了他文学创作的主要成就。在诗歌的艺术风格上，王令受到韩愈、孟郊、卢仝、李贺等人的影响，作品具有构思新奇、造语精辟、气势磅礴、意境深奥的特点。

诗歌赏析

王令的这首《送春》是他诗作中脍炙人口的一首。其中巧妙的转折是这首诗歌的出彩之处。

首句“三月残花落更开”中的“三月”和“残花”点明了这是一首表现暮春时节景象以及诗人感受的诗作。暮春时节，残花败落，往往会引起诗人感时伤春的消沉情感。然而，王令却转变观察的视角，抓住“落更开”，反手一笔，在七个字中生出变化，以花落再开消解了“三月残花”带来的消极心境。“小檐日日燕飞来”则承接第一句表现的轻快、乐观，以燕子每天都飞来，落在小小的屋檐之下做窝这一春天的自然景象，进一步赋予暮春之景以灵动的生机，强化了生命的轻快与乐观。

读到此处，读者以为诗人将要在接下来的诗句中进一步阐发春日的美好、生命的昂扬。然而，诗人的笔触却再一次出乎读者的意料。“子规夜半犹啼血”，用杜鹃鸣叫啼血不止的典故，又一次呈现出生命的悲凉、无助之感。紧接着，诗人用“不信东风唤不回”写出杜鹃的悲啼是在呼唤春天回来，一句诗中连用两个“不”字，以双重否定的句式，鲜明地强调出作者对于美好未来的坚定和希望。

然而，春天流逝是自然规律，并不是杜鹃悲鸣可以挽回的。杜鹃违背自然规律，尽管顽强地争取，却注定是要失败的。在这里，被拟人化的杜鹃鸟为了自己的信仰明知不可为而为之，在无理之中见精神，在悲壮之中显现出一种昂扬的个体生命的精神伟力。

“子规啼血”的故事

《太平御览》引扬雄《蜀王本纪》中记载，望帝杜宇在蜀地称王。因为宰相鳖灵治水有功，受到百姓爱戴，于是杜宇便效仿古代贤王把王位禅让给了宰相鳖灵。此后望帝杜宇便隐居在西山修道。

然而，宰相治国无方，还抢占了望帝杜宇的妻子和女儿。得知此事的望帝心急如焚，赶回国希望能够劝说宰相回心转意。然而，请神容易送神难，新国王将城门紧锁不让望帝入城。望帝自觉有愧于百姓，回到西山之后终日掩面痛哭，郁郁寡欢而逝。死后，望帝化作了杜鹃鸟（子规），依旧终日望着都城方向悲哀地啼鸣，常常啼出殷红的鲜血。

后来很多诗人将这一伤感的故事写进了诗歌中，比较著名的有：

宣城见杜鹃花

李　白

蜀国曾闻子规鸟，宣城还见杜鹃花。
一叫一回肠一断，三春三月忆三巴。

蜀道难

李　白

……

青泥何盘盘，百步九折萦岩峦。
扪参历井仰胁息，以手抚膺坐长叹。
问君西游何时还？畏途巉岩不可攀。
但见悲鸟号古木，雄飞雌从绕林间。
又闻子规啼夜月，愁空山。
蜀道之难难于上青天，使人听此凋朱颜！

……

琵琶行

白居易

……

我从去年辞帝京，谪居卧病浔阳城。
浔阳地僻无音乐，终岁不闻丝竹声。
住近湓江地低湿，黄芦苦竹绕宅生。
其间旦暮闻何物，杜鹃啼血猿哀鸣。
春江花朝秋月夜，往往取酒还独倾。

……

老夫采玉歌

李　贺

采玉采玉须水碧，琢作步摇徒好色。
老夫饥寒龙为愁，蓝溪水气无清白。
夜雨冈头食蓁子，杜鹃口血老夫泪。
蓝溪之水厌生人，身死千年恨溪水。
斜山柏风雨如啸，泉脚挂绳青袅袅。
村寒白屋念娇婴，古台石磴悬肠草。

锦　瑟

李商隐

锦瑟无端五十弦，一弦一柱思华年。
庄生晓梦迷蝴蝶，望帝春心托杜鹃。
沧海月明珠有泪，蓝田日暖玉生烟。
此情可待成追忆，只是当时已惘然。

夜宿七盘岭

沈佺期

独游千里外，高卧七盘西。

山月临窗近，天河入户低。
芳春平仲绿，清夜子规啼。
浮客空留听，褒城闻曙鸡。

听 筝

柳中庸

抽弦促柱听秦筝，无限秦人悲怨声。
似逐春风知柳态，如随啼鸟识花情。
谁家独夜愁灯影？何处空楼思月明？
更入几重离别恨，江南歧路洛阳城。

酹江月

文天祥

乾坤能大，算蛟龙、元不是池中物。风雨牢愁无著处，那更寒蛩四壁。横槊题诗，登楼作赋，万事空中雪。江流如此，方来还有英杰。

堪笑一叶漂零，重来淮水，正凉风新发。镜里朱颜都变尽，只有丹心难灭。去去龙沙，江山回首，一线青如发。故人应念，杜鹃枝上残月。

出城访无党因宿斋馆

王安石

关外寻君信马蹄，漫成诗句任天倪。
花枝到眼春相映，山色侵衣晚自迷。
今日笑谈还喜共，经年劳逸固难齐。
生涯零落归心懒，多谢殷勤杜宇啼。

十　五

王安石

将母邗沟上，留家白邗阴。
月明闻杜宇，南北总关心。

临江仙·信州作

晁补之

谪宦江城无屋买，残僧野寺相依。松间药臼竹间衣，水穷行到处，云起坐看时。

一个幽禽缘底事，苦来醉耳边啼？月斜西院愈声悲。青山无限好，犹道不如归。

子夜歌·三更月

贺　铸

三更月，中庭恰照梨花雪。梨花雪，不胜凄断，杜鹃啼血。

王孙何许音尘绝，柔桑陌上吞声别。吞声别，陇头流水，替人呜咽。

画堂春

秦　观

落红铺径水平池，弄晴小雨霏霏。杏园憔悴杜鹃啼，无奈春归。

柳外画楼独上，凭栏手捻花枝，放花无语对斜晖，此恨谁知？

临江仙

朱敦儒

直自凤凰城破后，擘钗破镜分飞。天涯海角信音稀。梦回辽海北，魂断玉关西。

月解重圆星解聚，如何不见人归？今春还听杜鹃啼。年年看塞雁，一十四番回。

鹊桥仙·夜闻杜鹃

陆　游

茅檐人静，蓬窗灯暗，春晚连江风雨。林莺巢燕总无声，但月夜、常啼杜宇。

催成清泪，惊残孤梦，又拣深枝飞去。故山犹自不堪听，况半世、飘然羁旅。

浣溪沙·壬子春赴闽宪，别瓢泉

辛弃疾

细听春山杜宇啼，一声声是送行诗。朝来白鸟背人飞。

对郑子真岩石卧，赴陶元亮菊花期。而今堪诵《北山移》。

贺新郎·别茂嘉十二弟

辛弃疾

绿树听鹈鴂，更那堪、鹧鸪声住，杜鹃声切。啼到春归无寻处，苦恨芳菲都歇。算未抵、人间离别。马上琵琶关塞黑，更长门、翠辇辞金阙。看燕燕，送归妾。

将军百战身名裂，向河梁、回头万里，故人长绝。易水萧萧西风冷，满座衣冠似雪。正壮士、悲歌未彻。啼鸟还知如许恨，料不啼清泪长啼血。谁共我，醉明月？

第三节　“庄周梦蝶”的故事

宋诗

夜宿田家

戴复古

簦笠相随走路歧，一春不换旧征衣。

雨行山崦黄泥坂，夜扣田家白板扉。
身在乱蛙声里睡，心从化蝶梦中归。
乡书十寄九不达，天北天南雁自飞。

作者介绍

戴复古（1167—?），南宋诗人，字式之，因常居南塘石屏山，故自号石屏、石屏樵隐。戴复古出生于一个清贫的书生家庭，他的父亲戴敏才，自号东皋子。戴复古的好友楼钥在《戴式之诗集序》中评价戴敏才："以诗自适……不肯作举子业，终穷而不悔。"

戴复古不仅继承了父亲对诗歌的喜爱与痴迷，更继承了父亲的人生态度。他不肯作举子业，宁愿终身布衣，直至八十余岁辞世，一生浪迹江湖，从未踏足官场。元人贡师泰追寻他的行踪，概括为："南游瓯闽，北窥吴越，上会稽，绝重江，浮彭蠡，泛洞庭，望匡庐五老、九嶷诸峰，然后放于淮、泗，以归老于委羽（黄岩羽山）之下。"（《重刊石屏先生诗序》）楼钥回忆道："一日携一大编（诗稿）访余，且言：'吾以此传父业，然亦以此愈穷。'……余答之曰：'夫诗能穷人，或谓惟穷然后工，……子惟能固穷，则诗昌矣！'"在当时热衷于科举以求功名进身的知识分子中，戴复古的这种人生态度可谓是独树一帜。元人贡师泰在《重刊石屏先生诗序》中以"负奇尚气，慷慨不羁”评价戴复古，是比较贴切的。[①]

戴复古的诗歌创作精力主要放在五言律诗方面，五言律诗作品占其诗集作品的一半。其诗多用白描手法，清新明快，自然天成。内容上多写人情世事，部分作品抒发爱国思想，反映人民疾苦。

诗歌赏析

这首诗首联“簦笠相随走路歧，一春不换旧征衣”中的“簦笠”为出行所用雨具，“征衣”指远行之衣。诗人在全诗开篇通过两个与羁旅生活紧密相关的用品，给予读者离情羁思的暗示，既明确了这首诗的主题，也奠定了整首诗的情感基调。

诗句中的“簦笠”不仅仅是工具，更是“相随”的伴侣，由此体现出诗人孑然一身的孤独落寞。“走路歧”写出诗人漂泊的茫然无措，不知何去何从的境遇。下句中诗人用“一春不换”与“旧”形容所着的征衣。衣着为何“旧”？又为何整个春天都没有换？其中表现出的既有诗人境况的贫寒，也有在外奔忙的劳苦，进一步加深了诗人羁旅在外的孤独落寞、百无聊赖、颓唐苦闷。

如果说首联是对这一段生活境遇的总写，那么颔联“雨行山崦黄泥坂，夜扣田家白板扉”则是对其羁旅生活情况的具体描绘。此联上句承接首联中的“簦笠”，描写雨中行于山路的艰险，在滂沱之雨中攀登“山崦”已苦不堪言，而又偏偏行在“黄泥坂”上，其艰辛更是可想而知。颔联上句写行路之苦，那

① 吴茂云.《戴复古全集校注》，中国文史出版社，2008。

么夜晚的住宿条件又如何呢？诗人没有直说，但“夜扣田家白板扉”中的“白板扉”三字已将投宿的农人家的条件透露了一二。

颈联“身在乱蛙声里睡，心从化蝶梦中归”写诗人投宿于农家，夜半“听取蛙声一片”，既符合在田家夜宿的生活实际，又颇得农家生活的真趣。在白日奔波之后，得意、坦然地在青蛙的合唱声中，于清贫而友善的农家借宿安睡，不妨说也是一种享受。此联紧承上联的“夜扣”，过渡自然。上句实写“田家”周围的环境，下句虚写梦中化蝶归乡，正所谓日有所思夜有所梦，上下句衔接巧妙，恰当地表现出旅人在外对家乡的思念。诗人为何如此思念家乡却又漂泊在外？他并没有将自己的隐衷明写出来，其中况味留待读者细品。

尾联“乡书十寄九不达，天北天南雁自飞”写出诗人由于漂泊在外，行踪不定，故而无法收到家书。“乡书十寄九不达”，连一点点文字的安慰都不可得，更显漂泊之苦；“天北天南雁自飞”，以写景收尾，古人有鸿雁传书的说法，大雁是古代书信的象征，是传达怀乡之情的意象，诗人在羁旅之中凝望空中的飞雁，思乡之情自然更为真切。“雁自飞”中的“自”字再次点出了诗人的孤寂落寞、无助迷茫。

全诗语言质朴、情感真挚，在表现手法上纯用白描，全然没有刻意雕琢的痕迹，清淡的语言下是深挚的情感，故而更显意韵悠长，耐人寻味。

“庄周梦蝶”的故事

这首诗中所提到的“化蝶”来源于《庄子》中所记载的庄周梦蝶的故事。

有一天，庄子梦见自己变成蝴蝶，梦境之中的一切仿佛都是真真切切的，以至于在梦中的庄子竟全然认为自己确实就是一只蝴蝶。突然醒来之后，庄子在惊惶不定之间发觉原来刚才那蝴蝶只是一场梦幻，并不是真的自我。庄子转而又想，究竟是我刚才做梦梦见自己变成蝴蝶，我是实，蝴蝶是虚呢？还是刚才蝴蝶是实，此刻的我是虚呢？

在这个故事中，作为哲学家的庄子，借一个浪漫的、充满想象力的故事，提出了人不能真切的区分真实与虚幻，进而不能区分生死、大小、利害等等的看法。如果站在宇宙“道”的高度去看，则天下万物的差异都是相对的，这就是庄子相对主义思想、齐物思想的生动体现。

庄子这段文字本是就哲学思想而言的，然而其浪漫的情怀，深刻的寓意，哲理上无限的启发性以及广阔的审美可能性使得这个故事引发后世众多文人的共鸣。后世诗人常常在诗歌之中借庄周梦蝶的典故来表达离愁别绪、人生慨叹、思乡恋国、恬淡闲适等多种人生感悟和体验，并借这个典故将个人情感上升到亦真亦幻、不可捉摸的哲理高度，从而在隐隐之中实现对生命本质的触摸、怀疑与体认。“庄周梦蝶”由此成为一个值得关注和玩味的文学现象。

第四节 “美女西施”的故事

宋诗

饮湖上初晴后雨

苏 轼

水光潋滟晴方好，山色空蒙雨亦奇。
欲把西湖比西子，淡妆浓抹总相宜。

作者介绍

见40页。

诗歌赏析

《饮湖上初晴后雨》写于苏轼任杭州通判期间，表现了诗人对西湖的喜爱。

这首诗起笔即通过“水光潋滟晴方好”描绘明媚晴空下西湖碧水荡漾、波光粼粼的美景。“潋滟”一词为波光闪动之意，与“初晴”二字相扣合照应，是江南水景从容闲适的写照。“晴方好”中的“方好”为“正好”“恰好”之意，给人以一种其美恰到好处，无须增减之感，为下文中将西湖比作美女西施作铺垫。

首句描写了西湖“初晴”之时潋滟的湖光，次句则以“山色空蒙雨亦奇”来描写雨中西湖的山色。如果说晴空之下的西湖之景美得恰到好处，那么西湖边的群山在江南细雨的掩映之下，又换成了迷迷茫茫、若有若无的景象。诗人称西湖雨景“亦奇”，奇在何处？既奇在雨中西湖岸边的群山朦胧梦幻之美，也奇在西湖一日之中晴雨变化之速，更奇在西湖之景在晴雨之中始终保持着自己独特的奇妙美感。

“欲把西湖比西子，浓妆淡抹总相宜”两句中，诗人把西湖比喻成美人西施，这一比喻历来为人们所激赏。诗人扣住一个“西”字巧妙联想，将自然风物比喻成美人，令读者在初读之时顿生意外、有趣、巧妙之感。细细一品，又发现西湖与西施的确都是江南之美的典型代表和集中体现，都具有婀娜多姿的女性化的柔美，更主要的是她们随时都能展现美的风致。西施无论浓施粉黛还是淡描蛾眉，总是风姿动人的，西湖不管晴姿雨态还是花朝月夕，都令人陶醉。故而，这个比喻也是极为贴切传神的。这两句在艺术上之所以取得巨大的成功，除了其巧妙的联想和贴切的比喻外，也在于作者在艺术创作的构思上没有落入为描写而描写的俗套，仅仅借比喻的手法就收取了写景“更形象化”“画面感更强”的效果。这两句以更高的艺术眼光遗貌取神，直取西湖之美的空灵神韵。

尽管这首诗篇幅短小，但其表现的却是西湖在不同时间、不同气候、不同层次的美景，完成了对西湖美景的全面描写和概括评价。从此，“西子湖”就成了西湖的别称。

原作有两首，另一首为：

朝曦迎客艳重冈，晚雨留人入醉乡。

此意自佳君不会，一杯当属水仙王。

“美女西施”的故事

相传西施，本名夷光，春秋末期出生于浙江诸暨苎萝村。苎萝有东西二村，夷光居西村，故名西施。西施父亲卖柴，母亲浣纱，西施也常浣纱于溪，故其溪又称浣纱溪。

相传西施在河边浣纱时，清澈的河水映照着西施的美貌，使得西施更显妩媚动人，甚至水中的游鱼看到浣纱的西施都忘记了游水，在呆呆地凝望中渐渐沉到河底。从此，西施“沉鱼”的代称就流传开来。唐代宋之问有《浣纱篇赠陆上人》一诗歌咏西施，其中有写道：“鸟惊入松网，鱼畏沉荷花。始觉冶容妄，方悟群心邪。”既通过“沉鱼”从侧面表现了西施的容貌之美，也借此表现了西施内心的纯净美好。

相传西施时有皱眉抚胸的病态，但这也被时人认为是美丽动人的。东村丑女也效仿西施皱眉抚胸的样子，结果丑态百出，故有“东施效颦”的典故。

西施的美丽，不仅仅在于外在的容颜，也在于她以身许国、忍辱负重的爱国之心和她身后留下的许多不解之谜。

当时越国向吴国称臣，越王勾践被吴王囚禁，卧薪尝胆，谋求复国。归国后，勾践为了使吴王痴迷享乐，无心国事，放松对越国的警惕以便越国东山再起，针对吴王好色的弱点，采用“美人计”，将西施与郑旦一起献给吴王夫差。

凭借倾国倾城的美貌，西施很快成为吴王最宠爱的妃子。吴王在姑苏为西施建造春宵宫，并建造大池，在池中设青龙舟，每天与西施嬉戏其间。吴王还为西施建造了馆娃阁、灵馆等表演歌舞和欢宴的场所。因西施擅长跳“响屐舞”，吴王夫差就在数以百计的大缸上铺木板，称其为“响屐廊”。西施裙系小铃、脚着木屐起舞，铃声和大缸“铮铮嗒嗒”的回响交织在一起，使夫差如醉如痴，不理朝政，逐渐走向了亡国丧身的道路。唐诗人李白在《送祝八之江东赋得浣纱石》中写道：“西施越溪女，明艳光云海。未入吴王宫殿时，浣纱古石今犹在。”表现的就是此事。明代西施祠有楹联云：“越锦何须衣义士，黄金祇合铸娇姿。”肯定了西施在越国灭吴中的功劳。唐代罗隐有诗《西施》云：“家国兴亡自有时，吴人何苦怨西施。西施若解倾吴国，越国亡来又是谁。”一方面肯定了西施的功业，另一方面又批判了红颜祸水的观点，比较公允。

相传在吴被灭后，西施与当时越国著名的谋臣范蠡泛舟于五湖，之后便消失在历史之中，留下了许多谜题与传说。

西施因为其动人的外貌，与杨贵妃、王昭君、貂蝉并称为中国古代四大美女。

第五节 “阮籍青眼”的故事

宋诗

登快阁

黄庭坚

痴儿了却公家事，快阁东西倚晚晴。
落木千山天远大，澄江一道月分明。
朱弦已为佳人绝，青眼聊因美酒横。
万里归船弄长笛，此心吾与白鸥盟。

作者介绍

见 16 页。

诗歌鉴赏

《登快阁》一诗写于宋神宗元丰五年，这年已是黄庭坚在太和令任上的第三个年头。时年三十八岁的黄庭坚时常在公务案牍之暇，到快阁览胜，这首诗就是黄庭坚这一时期思想精神与内心向往境界的集中表现。诗人登“快阁”所得的“快”感中洋溢着的生活的趣味与智慧，是值得在读这首诗时留心体会的。

首句中的“痴儿”之说出自《晋书·傅咸传》，文中夏侯济曾说：“生子痴，了官事，官事未易了也。了事正坐痴，复为快耳!”诗人以“痴儿”的典故开篇，接着又用“了却”二字贴切地表现出完成公务时的欢快心情，其中既有自嘲，又有通过自嘲表现出的自己精神生命深处的旷达随性。

江西诗派在创作上主张“夺胎换骨”，强调学习借鉴。“快阁东西倚晚晴”之句便是将杜甫“注目寒江倚山阁”与李商隐“万古贞魂倚暮霞”两句相融合。然而，杜甫诗句中所谓的“倚”实际只是写实地表现倚靠这一具体的动作，而李商隐诗句中的“倚”之主语是“万古贞魂”，是虚境幻生而成。本诗中的“快阁东西倚晚晴”乃是实景，但却倚在无际无垠的暮色晴空，虚虚实实之间，有无限诗趣。

“夺胎换骨”之法的运用在“落木千山天远大，澄江一道月分明”中表现得更为明显：词句分明为杜甫《登高》中的“无边落木萧萧下，不尽长江滚滚来”与谢朓《晚登三山还望京邑》中的“余霞散成绮，澄江净如练”两句的改造化用。相比杜诗与谢诗，黄庭坚之句既得山景的肃穆广阔，又得江景的澄明永恒，表意更为丰富隽永，而语言则更为洗练有力，足见其功力之深。

随后两联，黄庭坚集中用典。《吕氏春秋·本味篇》中曾经记载：“钟子期死，伯牙破琴绝弦，终身不复鼓琴，以为世无足复为鼓琴者。”黄诗中“朱弦已为佳人绝”即出自于此。而“青眼聊因美酒横”则出自《晋书·阮籍传》中阮籍“见礼俗之士，以白眼对之”，见所悦之人“乃见青眼”的故事。其中所用的“横”字非常生动地表现了诗人无可奈何、孤独无聊的神情。诗人借这两个典故，表明自己在现实官场中难觅知音，无人可以理解自己的胸襟抱负、理想追求。

在结句“万里归船弄长笛，此心吾与白鸥盟”中，诗人表现出行船归乡，吹笛自娱，在归隐中寻求解脱的愿望。诗人用“弄长笛”而非“吹长笛”是值得玩味的，一个“弄”字写出的不经意的神情，正是闲适淡然心境极为贴切的表现。“白鸥盟”的典故出自《列子·黄帝》：“海上之人有好沤（鸥）鸟者，每旦之海上，从沤鸟游，沤鸟之至者，百住而不止。其父曰：‘吾闻沤鸟皆从汝游，汝取来吾玩之。’明日之海上，沤鸟舞而不下也。”后人便以与鸥鸟盟誓来表示毫无利禄之心，多用来借指归隐。这一句不仅呼应了诗歌首联，又顺势作结，给人以一气盘旋而下之感，在明志之中，显出人生自适之“快”。自此，《登快阁》中“快”的意义得以在精神层面建构与升华。

“阮籍青眼”的故事

这首诗中“青眼”的典故出自魏晋名士阮籍。阮籍，字嗣宗，是建安七子之一阮瑀的儿子。阮籍曾任步兵校尉，因此世称“阮步兵”。思想上，阮籍崇奉老庄之学；政治上，面对黑暗的政治现实，阮籍采取谨慎避祸的态度。阮籍是竹林七贤中在文学创作方面有较高成就的一位，被认为是“正始之音”的重要代表，著有《咏怀》《大人先生传》等。

作为以清高自诩的名士，阮籍在常人眼中是个“离经叛道”之人。他对虚伪的世俗礼教十分憎恶，常常以特立独行的方式，彰显独立的个体生命姿态，这与整个魏晋南北朝时期士大夫讲论玄学、张扬个性的时代背景是紧密关联的。

围绕阮籍这位名士留下了许多有趣的故事，“青白眼”就是其中很有代表性的一则。

据《晋书·阮籍传》记载：一日，阮籍正与他人对弈，这时传来了阮籍母亲去世的消息。与阮籍对弈的朋友得知此噩耗后劝阮籍终止棋局，而阮籍却非要把棋下完为止。阮籍回家之后，饮酒两斗，放声哭号，吐血数升。待到母亲下葬，阮籍又饮酒两斗，纵声哭号，再次吐血数升，此时的阮籍因对亡母的哀思，已是面容憔悴。当时同为名士的裴楷登门吊唁，看见阮籍发如乱草，叉开腿坐在地上，一脸的醉意，便自己走到灵前哭祭，吊唁完后便自顾自地离开了。有人问裴楷：“吊丧的人总是等主人开始哭泣后才行哭拜的祭礼，然而现在阮籍都不哭，你为什么要哭？”裴楷回答道：“阮籍是‘方外之士’，一向不推崇名教礼法。而我却不然，自然要遵守世俗的礼仪。”

等到嵇康的兄长嵇喜前来吊丧，阮籍不但不打招呼，反而以白眼回应。嵇喜感到受了藐视，怏怏不快地回去了。嵇喜回到家中，将此事告诉了弟弟嵇康，嵇康说：“阮籍对于那些热衷于现实功名利禄的平庸世俗之辈向来是蔑视的，对这种人他总是以翻白眼的方式表达自己的态度。”随后，嵇康亲自带着一坛酒和一张琴，前往阮籍家中吊唁。阮籍见同为当时名士的嵇康来了，神色便缓和了很多，便以青眼（即黑眼珠）正视。嵇康虽然知道阮籍因丧母之痛而极度哀伤，但并不像那些俗人一般予以劝慰，而是和他对饮抚琴，阮籍甚得安慰。

“青眼”“垂青”“青睐”在后世成为典故，用来表示对人的喜爱或尊重。与之相对的，“白眼”则表示对人的轻视或憎恶。

第六节 “黄粱一梦”的故事

宋诗

怀钟山

王安石

投老归来供奉班，尘埃无复见钟山。
何须更待黄粱熟，始觉人间是梦间。

作者介绍

见 27 页。

诗歌赏析

《怀钟山》一诗写于王安石因变法受到旧党反击被罢相之后。当时的王安石已步入晚年，归居于金陵（南京）半山，以参佛、修禅度日。本诗是王安石在经历人生大起大落后的晚年心境的体现。全诗篇幅不长，却充分表现出诗人对政治失意、功败垂成的无奈愤懑，对世事无常、人生如梦的苍凉感慨。

第一二句“投老归来供奉班，尘埃无复见钟山”，首先用“投老归来”点出诗人此时的境遇——老迈归居，以“钟山”点出归居的地点——金陵。这两句看似平淡的记述，表现出诗人隐而不露的无限惆怅。毕竟诗人归居于金陵半山，并不仅仅是因为年老力衰，也不仅仅是出于诗人甘愿颐养天年，根本上是由于诗人一生为之奋斗的变法失败，毕生的努力灰飞烟灭后的迫不得已。“尘埃”实则意在说明多年官场的繁杂俗务使得自己的心性被蒙蔽。如今隐居金陵再次见到钟山，远离了官场的纷纷扰扰，诗人感受到了生活本来的清澈宁静，既有遗憾，又有觉今是而昨非的感慨，失意的淡淡感伤始终萦绕其间。

这种心境在第三四句“何须更待黄粱熟，始觉人间是梦间”中体现得更为明显。诗人写道：何必等到黄粱饭烧熟，才感到人生如梦、世事无常呢？其中的“始”字饱含了诗人颇多的人生感慨。在这里，诗人借用《枕中记》中卢生黄粱一梦的故事，以反问的语气表现出自己对现实如梦幻泡影一般虚幻无常的感受。这种心理一方面有人生失意后消极避世的意味，另一方面，也正是由于放下对现实的执着而得以看淡挫折、失败，使诗人获得一丝心灵上的安慰。

“黄粱一梦”的故事

“黄粱一梦”的故事出自唐代传奇小说《枕中记》，作者是沈既济。

传说唐开元七年，一个姓卢的青年穿着粗布短衣，骑着青色的小马驹进京赶考，结果名落孙山。于是垂头丧气、郁郁不得志的卢生便准备打道回府，回乡种田。

一日，卢生途经邯郸，在旅店里遇见了道士吕翁，便和吕翁坐在同一张席子上交谈，非常投机。谈了好一会儿，卢生看着自己破烂肮脏的衣服，叹息道：“大丈夫在世上不得志，看看我，困窘成这样啊！”吕翁答说：“看你的身体无病无灾，我们谈得正高兴，怎么忽然感叹起贫困了呢？”卢生说：“我这不过是苟且偷生罢了。读书人活在这世上，是应当建功立业的，如果没有成为赫赫武功的大将，那就应该位居宰相。我努力学习多年，熟读各种典籍，如今已经是壮年了。然而，科举落榜，只能耕作务农，这难道不是非常困苦遗憾、令人叹息的事吗？”说完不久，卢生便发困欲睡。道士吕翁不知从何处取出一个瓷枕头让他枕着说：“你枕着我的枕头，它可以让你实现你的志向。”这时，旅店老板正在蒸黄粱米饭。

吕翁的枕头两端有孔，卢生倚枕而卧，恍惚看到两孔慢慢变大，卢生进入孔中，顷刻便回到了家。

几个月后，卢生娶了美丽的富家女子为妻，家财变得丰厚，衣服装束和出行车马也日渐豪华。第二年卢生参加科举考试，考中进士，奉皇帝旨意到渭南当县尉，不久又升迁做监察御史，随后平步青云，先后作为节度使镇压叛乱、开疆扩土，又担任朝中高官，为人敬仰。

然而，同朝的官僚以勾结将领、图谋不轨的罪名诬告、陷害卢生，皇帝便因此下诏把他关进监狱。此时的卢生认为自己死期将近，惊惶地对妻儿说："我老家在山东，有良田五顷，足以御寒防饥馑，何苦要求官受禄呢？如今落得如此地步，向往当初穿短的粗布衣服，骑青色小马，行走在邯郸路上的好日子，却得不到了啊！"

后来卢生历经流放，皇帝终于解除了对他的怀疑，封他为燕国公。他的孩子也得享高官厚禄，后代儿孙满堂，享尽荣华富贵。卢生八十岁时，生病久治不愈，离开人世。

正在断气之时，卢生一惊而醒，转身坐起，左右一看，自己仍置身于旅店之中，道人吕翁正坐在自己身边，店主人蒸的黄粱饭还在锅里！原来刚才经历的文治武功，跌宕起伏，无非是片刻的梦幻，富贵荣华不过是一场空。此时的卢生急切地问道人吕翁："刚才这一切难道只是一场梦吗？"吕翁缓缓地说道："其实，世人所经历的辉煌，也不过如此啊。"卢生惆怅良久，对人生有所领悟，稽首拜谢后便离去了。原来，那个道人吕翁就是仙人吕洞宾。

后人用"黄粱一梦"来比喻荣华富贵如梦一般，短促而虚幻，转眼成空。

第七节 “一代花魁”的故事

宋诗

汴京纪事

刘子翚

辇毂繁华事可伤，师师垂老过湖湘。

缕衣檀板无颜色，一曲当时动帝王。

作者介绍

刘子翚（1101—1147），字彦冲，一作彦仲，号屏山，又号病翁，后世学者称其为屏山先生，建州崇安人。

刘子翚是宋代著名的理学家，著名大儒朱熹就是他的学生。钱钟书评价朱熹为“道学家中间的大诗人”，而称刘子翚是“诗人里的一位道学家”。

刘子翚的父亲刘韐在靖康之变时奉命出使金营，面对金人的百般诱降不为所动，坚守节操，自缢而死。当时刘子翚三十岁，守孝三年后，以父荫补承务郎，任兴化军通判，后因体弱多病辞归，以讲学传道为业。四十七岁时病逝，追谥文靖公。遗著由嗣子刘玶编为《屏山集》，共二十卷，朱熹为之作序。

当时很多兼习道学的诗人在诗歌创作上喜欢阐述“理”，而在诗味方面则较为寡淡，被评为“讲义语录”“头巾气”，而刘子翚的诗则没有这一弊病，这得益于他曾经与大诗人韩驹、吕本中、曾几等交游唱和。

《四库全书总目提要》中评价刘子翚的诗歌风格为“风格高秀，不袭陈因”，而朱熹在为《屏山集》所作的题跋中也评价到：“先生文辞之伟，固足以惊一世之耳目，然其精微之学、静退之风，形于文墨，有足以发蒙蔽而销鄙吝之心者，尤览者所宜尽心也。”① 强调了刘子翚对事物细致的观察和深入的体验。

由于诗人经历了国仇家恨，所以他的作品多反映社会历史，如《谕俗》十二首、《汴京纪事》二十首、《望京谣》等作品，都涉及对往日繁华的回忆和对国都沦陷的感愤，情感深沉真切，历来为人瞩目。

诗歌赏析

汴京是北宋的都城，靖康二年，金兵攻占汴京，掳走了徽、钦二帝，这成为宋王朝的奇耻大辱，史称“靖康之变”。刘子翚所写的二十首《汴京纪事》，即是对汴京失守前后的这一段史事的记录，本篇所选诗歌是其中的最后一首。

第一句“辇毂繁华事可伤”中的“辇毂”指皇帝的车舆，在这里代指繁华的故都汴梁。诗人写这首诗时，汴梁故都已陷入敌手，此时重提汴京的繁华，更显得悲凉哀婉，故而说“事可伤”。

---

① 朱熹.《晦庵先生朱文公集》卷八十一。

第二句写本诗的主人公，曾经名动一时、力压群芳的一代名妓李师师，经历战乱后流落湖湘，她曾经的美貌与歌喉也如同汴京的繁华一般一去不复返，只留下垂老漂泊的身影。

“缕衣檀板无颜色，一曲当时动帝王”两句中，诗人由回忆往昔的繁华入手，与美人迟暮的落寞现实进行对比，有谁能够相信这样容颜不再的老妪竟是当年凭借动人歌喉使得君王为之仰慕的一代名妓？进而又将此与今夕国家的兴亡盛衰进行对比，使感染力增强。

“一代花魁”的故事

李师师是北宋末年著名的青楼女子，她的传奇故事在各种民间传说和文艺作品中多有流传。据说，李师师原是汴京城内染房老板的女儿，原本姓王。后来李师师的父亲因犯罪死在了牢狱之中，师师被妓院老板李蕴收养，改姓李。李蕴教李师师琴棋书画，歌舞进退。李师师天资聪慧，很快就能够应接自如，且天生美貌，故而不久就成为汴京名妓。当时京城的文人雅士、公子王孙竞相拜访，甚至连宋徽宗也得闻其芳名而想一亲芳泽。

相传高俅、王黼怂恿宋徽宗微服前往，徽宗见到李师师后龙颜大悦。然而在众多访客之中，李师师最中意的却是大词人周邦彦。一次周邦彦拜访李师师，此时徽宗驾到，周邦彦躲避不及，藏于床下。宋徽宗送给李师师一个橙子，待到要回宫时，李师师假意挽留道：“城上已三更。马滑霜浓，不如休去，直是少人行。”后来周邦彦以此事填词一首，曰：“并刀如水，吴盐胜雪，纤手破新橙。锦幄初温，兽香不断，相对坐调笙。低声问：向谁行宿？城上已三更，马滑霜浓，不如休去，直是少人行。”谁知他日李师师一时兴起，当着徽宗的面将这首词唱了出来。宋徽宗感到奇怪，因为说“城上已三更，马滑霜浓，不如休去，直是少人行”这些话时只有自己与李师师在场，于是问是谁做的，李师师答是周邦彦。宋徽宗听后回过味来，脸色骤变，找借口把周邦彦贬出汴京。

后来李师师将周邦彦所写的《兰陵王》唱给宋徽宗听，其词曰：“柳阴直，烟里丝丝弄碧。隋堤上，曾见几番，拂水飘绵送行色。登临望故国，谁识京华倦客？长亭路，年去岁来，应折柔条过千尺。闲寻旧踪迹，又酒趁哀弦，灯照离席。梨花榆火催寒食。愁一箭风快，半篙波暖，回头迢递便数驿，望人在天北。凄恻，恨堆积，渐别浦萦回，津堠岑寂，斜阳冉冉春无极。念月榭携手，露桥闻笛。沉思前事，似梦里，泪暗滴。”李师师唱这首歌，实则是为周邦彦求情，此时的宋徽宗醋意已消去大半，自己也觉得处罚得有些太过严厉，于是又将周邦彦召回。

这个故事的真实性虽然大为可疑，但并不妨碍其与李师师的其他众多传说一样在后世，尤其是在后世文人群体中广为流传。

第三章　文人情趣

中国古代文人将富有美感的、风雅恣肆的生命状态作为自己文学创作和生活状态的理想追求。他们的举止仪态和情趣追求是中国传统文明中“雅”文化的高度凝结和集中体现。在忙忙碌碌的现代社会，通过一睹古代文人的蹁跹身姿，体会文人骚客的进退取舍，感悟达者贤人的款款风度，我们也许能够发现生命的更多意义。

第一节　“旗亭画壁”的故事

唐诗

凉州词

王之涣

黄河远上白云间，一片孤城万仞山。

羌笛何须怨杨柳，春风不度玉门关。

作者介绍

王之涣（688—742），字季凌，盛唐时期著名诗人。王之涣早年由并州（山西太原）迁居至绛州（今山西新绛县），曾任冀州衡水主簿，衡水县令李涤将三女儿许配给他。王之涣后因被人诬谤，乃拂衣去官，后复出担任文安县尉，在任内去世。王之涣“慷慨有大略，倜傥有异才”，性格豪放不羁，常击剑悲歌，早年精于文章，并善于写诗，其诗多被当时的乐工制曲歌唱，名动一时，他常与高适、王昌龄等互相唱和，善于描写边塞风光。

王之涣尤善五言诗，其中又以描写边塞风光为佳。靳能在《王之涣墓志铭》中称其诗“尝或歌从军，吟出塞，皦兮极关山明月之思，萧兮得易水寒风之声，传乎乐章，布在人口。”王之涣的作品现存有六首绝句，其中三首为边塞诗。他的诗以《登鹳雀楼》《凉州词》为代表作。章太炎推《凉州词》为“绝句之最”。

诗歌赏析

凉州，治所在今甘肃武威县。“凉州词”是凉州歌的唱词，《乐府诗集》卷七十九《近代曲辞》载有《凉州歌》，并说明它是玄宗开元年间西凉府都督所进。

王之涣的这首《凉州词》是一首雄浑苍凉、豪迈奔放的边塞诗。“黄河远上白云间”描写了西北边塞高远粗犷，充满力量感的壮美景象。在诗人的眼中古老而又曲折蜿蜒的黄河仿佛远远地登上白云之间，若脱离了西北边塞开阔的自然环境是不能想象出来的。天地间奔涌的黄河与浮动的白云，是诗人当时真实所见的场景，更是最能够突出西北边塞的地域之形与壮美豪迈之神的景象，为诗歌之后的内容做了出色的气氛渲染。其中一个“上”字，可谓气格不凡。立足全篇看，这两句诗中的环境描写是为“羌笛何须怨杨柳，春风不度玉门关”服务的，更是为抒发景中之人的情感，寄寓诗人自身的深沉感慨服务的。

随后，诗人将视线从自然景物逐渐转移到与人的生活相关的对象上。“一片孤城万仞山”中，诗人以“一片”的数量词强调“孤”城之“孤”，又以“万仞山”表现山之高，“一片”与“万仞”的对比极其强烈，形象而又有力地表现出其城之孤、其城之小。

羌笛是富有西北边疆地方特色的乐器。此时羌笛正在吹奏的《杨柳枝》，充满了哀怨之情。诗人劝慰驻守边塞的将士：你们何必借《杨柳枝》来抒发满腔的幽怨呢？要知道，春风是吹不过玉门关的。“羌笛何须怨杨柳，春风不度玉门关”这两句，写边地的荒寒和征人的怨情，情调转为忧伤。但这种忧伤不是一般的悲抑低沉的哀叹，是暗含讽刺之意，其中的关键，就在于“春风”二字的双关意味。杨慎在《升庵诗话》卷二中说：“此诗言恩泽不及于边塞，所谓君门远于万里也”。可见诗人的真意并不在于夸张塞外的荒寒，而是借自然现象来暗喻安居于繁华帝都的最高统治者不关心征人的生活，对于远出玉门关、戍守边境的士兵不给予一丝温暖，从而赋予了诗歌更为深刻的意义。

“旗亭画壁”的故事

王昌龄、高适、王之涣同为唐玄宗开元年间著名的诗人。在一个下着小雪的冷天，王昌龄、高适、王之涣一同到旗亭喝酒。此时，几位伶人也恰巧登楼会宴，四名出众的歌女所唱的都是当时非常有名的曲子，曲子所填的则都是当时著名诗人所创作的诗歌。于是王昌龄、高适、王之涣在座席里拥着火炉聆听，并互相约定：谁的诗入歌词多，谁就胜出。

一会儿，一名歌女唱道：“寒雨连江夜入吴，平明送客楚山孤。洛阳亲友如相问，一片冰心在玉壶。”这是王昌龄的《芙蓉楼送辛渐》，于是王昌龄一边说着：“这是我的一首！”一边就在酒店墙壁上画下了一个标记。不一会儿，另一位歌女唱道：“开箧泪沾臆，见君前日书。夜台何寂寞，犹是子云居。”这是高适的诗《哭单父梁九少府》。于是，高适也在墙壁上画下标记，说道：“这首是我高适的！”随后，又一个歌女唱道：“奉帚平明金殿开，且将团扇共徘徊。玉颜不及寒鸦色，犹带昭阳日影来。”王昌龄又在壁上画一标记，道：“这又是我的《长信秋词》！”

此时，王之涣笑着对众人说：“刚才那些不过是宫中不得意的乐官，唱的也都是下里巴人的歌词。”他指着一名最美丽的歌女，开玩笑道：“这位歌女所唱的如果不是我的诗歌，我就不与你们争了。但是，如果她唱的是我的诗歌，你们就要拜我为师。”不一会儿，那位歌女就唱道：“黄河远上白云间，一片孤城万仞山。羌笛何须怨杨柳，春风不度玉门关。”这正是王之涣的名作《凉州词》，于是王之涣得意地对王昌龄和高适说：“乡巴佬，我难道会乱说吗?”大家都大笑起来。

第二节 “黄鹤楼与凤凰台”的故事

唐诗

黄鹤楼

崔　颢

昔人已乘黄鹤去，此地空余黄鹤楼。
黄鹤一去不复返，白云千载空悠悠。
晴川历历汉阳树，芳草萋萋鹦鹉洲。
日暮乡关何处是？烟波江上使人愁。

登金陵凤凰台

李　白

凤凰台上凤凰游，凤去台空江自流。
吴宫花草埋幽径，晋代衣冠成古丘。
三山半落青天外，二水中分白鹭洲。
总为浮云能蔽日，长安不见使人愁。

作者介绍

崔颢（704？—754），汴州（今河南开封市）人，唐代诗人。唐玄宗开元十一年进士，历任太仆寺丞，天宝中为司勋员外郎。《全唐诗》收录其诗四十二首。《旧唐书・文苑传》把他和王昌龄、高适、孟浩然并提，但崔颢在宦海中浮沉，却始终不得志。他秉性耿直，才思敏捷，其作品激昂豪放，气势宏伟，有《崔颢诗集》。

李白（701—762），字太白，号青莲居士。是屈原之后最具个性特色、最伟大的浪漫主义诗人。有“诗仙”之美誉，与杜甫并称“大李杜”。其诗以抒情为主，表现出蔑视权贵的傲岸精神，对人民疾苦表示同情，又善于描绘自然景色，表达对祖国山河的热爱。诗风雄奇豪放，想象丰富，语言流转自然，音律和谐多变，善于从民间文艺和神话传说中吸取营养和素材，这就构成其特有的瑰玮绚烂色彩，李白达到盛唐诗歌艺术的巅峰。存世诗文千余篇，有《李太白集》三十卷。

唐诗赏析

1.《黄鹤楼》赏析

《黄鹤楼》的首联“昔人已乘黄鹤去，此地空余黄鹤楼”所述的是仙人乘鹤西去的传说，诗人又着重加一“空”字，在开篇就将全诗对黄鹤楼的描写笼罩在一种迷茫空幻、怅然若失的基调之中。颔联“黄鹤一去不复返，白云千载空悠悠”中，诗人以黄鹤喻生命中的种种事物，以黄鹤的一去不返，类比人世的得失无常。此联中再用一个“空”字，与上一联中的“空”字互相映照，极具深味。诗句通过时间和空间的组合表现历史的纵深感和空间的开阔感，进一步增强了对于人生功名利禄的空幻之感，也就更加催生了诗人的乡愁。颈联“晴川历历汉阳树，芳草萋萋鹦鹉洲”描写了黄鹤楼外江上空明、悠远的景色，为引发诗人的乡愁作铺垫。尾联“日暮乡关何处是？烟波江上使人愁”以一“愁”字收篇，表现了日暮时分诗人登临黄鹤楼所怀的思乡心境。全诗以起伏婉转的文笔表现缠绵的乡愁，做到了言外传情，情内展画，画外余音。

《唐诗三百首》把崔颢这首《黄鹤楼》列为七律诗中的第一首，可见崔颢这首《黄鹤楼》地位之高。严羽《沧浪诗话》中说：“唐人七言律诗，当以崔颢《黄鹤楼》为第一。”由于这个原因，这首诗的名声就更大了。

2.《登金陵凤凰台》赏析

《登金陵凤凰台》同样是唐代律诗中脍炙人口的杰作。首联“凤凰台上凤凰游，凤去台空江自流”与崔颢《黄鹤楼》中“昔人已乘黄鹤去，此地空余黄鹤楼。”相近，同样着一个“空”字，并通过神话传说引出对于时空的迷茫空幻之感。在颔联中，李白将视线从眼前所见的景象转移到历史的兴衰、朝代的更替方面，以“吴宫花草埋幽径，晋代衣冠成古丘”的沧桑变化寄寓诗人对于人世变迁的感慨，使诗歌主旨的格局、境界陡然扩大，也使得诗人所抒发的空幻之感更加强烈。

李白并没有一味地将自己的感情沉浸在对历史的凭吊之中。在颈联“三山半落青天外，二水中分白鹭洲”中，诗人又转而将视线拉回到眼前的自然景物之上，描写了金陵西南长江边上三峰并列、若隐若现的景象。“白鹭洲”在金陵西长江中，把长江分割成两道，所以说“二水中分白鹭洲”。这两句诗气象壮丽，对仗工整，是难得的佳句。

如同崔颢在《黄鹤楼》一诗的尾联才点出乡愁一样，李白的这首《登金陵凤凰台》同样在尾联“总为浮云能蔽日，长安不见使人愁”中才点出整首诗真正要表达的情感。长安是朝廷所在，太阳象征着君王。陆贾在《新语·慎微篇》中道：“邪臣之蔽贤，犹浮云之障日月也。”李白通过这两句诗，实际上是在暗示皇帝被奸邪包围，而自己报国无门，他的心情是十分沉痛的。“不见长安”真正点出了诗歌题目中“登”的真正意图，也使得整首诗的写景重新笼罩上了更为丰富深沉的意味。

“黄鹤楼与凤凰台”的故事

元人辛文房在《唐才子传》中记载，李白登黄鹤楼本欲赋诗，因见崔颢所作《黄鹤楼》而为之敛手，即所谓“眼前有景道不得，崔颢题诗在上头”。李白这位充满创造力的伟大诗人唯独在登临黄鹤楼时，没能尽情尽意，“驰志”千里。因而，“谪仙诗人”难受、不甘心，想要与崔颢一较高低。于是李白到金陵时，总是想着作一首与崔颢《黄鹤楼》相似的诗作来与之媲美。李白一路上精心构思，直到写出可与崔颢的《黄鹤楼》等量齐观的《登金陵凤凰台》才罢休。这虽然只是传言，但也符合李白的性格。后来，《登金陵凤凰台》博得了“与崔颢黄鹤楼相似，格律气势未易甲乙”（方回《瀛奎律髓》）的赞扬。此后历代欣赏唐诗的人，都喜欢将这两首诗对比吟味，在后世读者的眼中，李白的《登金陵凤凰台》与崔颢的《黄鹤楼》，是登临怀古的双璧。

第三节 “饮中八仙”的故事

唐诗

饮中八仙歌

杜 甫

知章骑马似乘船，眼花落井水底眠。汝阳三斗始朝天，道逢麴车口流涎，恨不移封向酒泉。左相日兴费万钱，饮如长鲸吸百川，衔杯乐圣称避贤。宗之潇洒美少年，举觞白眼望青天，皎如玉树临风前。苏晋长斋绣佛前，醉中往往爱逃禅。李白斗酒诗百篇，长安市上酒家眠，天子呼来不上船，自称臣是酒中仙。张旭三杯草圣传，脱帽露顶王公前，挥毫落纸如云烟。焦遂五斗方卓然，高谈雄辩惊四筵。

作者介绍

杜甫（712—770），字子美，河南巩县（今河南巩义）人，出身京兆杜氏分支之一的襄阳杜氏。自号少陵野老，是唐代伟大的现实主义诗人，与李白合称“李杜”。为了与另两位诗人李商隐与杜牧（即“小李杜”）区别，杜甫与李白又合称“大李杜”，杜甫也常被称为“老杜”。

据《旧唐书·杜甫传》记载，杜甫出身于京兆杜氏，乃北方的大士族。其远祖为汉武帝时有名的酷吏杜周，祖父杜审言是唐代“近体诗”的奠基人之一。杜甫与杜牧同为晋代大学者、名将杜预之后，算得上是远亲。杜甫青少年时因家庭环境优越，因此过着较为安定富足的生活。他自小好学，七岁能作诗，“七龄思即壮，开口咏凤凰”[①]，有志于“致君尧舜上，再使风俗淳”[②]。在青年时代，杜甫曾经有过一段“放荡齐赵间，裘马颇清狂”的生活[③]，后踏入政坛渴望能够施展“致君尧舜上，再使风俗淳”的抱负。然而，杜甫的仕途生涯并不顺利，后来又遭逢安史之乱，颠沛漂泊，各处投靠。但是，无论在怎样的境遇之中，杜甫无时无刻不忧国忧民。正所谓板荡识诚臣，在国家丧乱之中，杜甫的思想与人格更显得可贵可敬。安史之乱期间，杜甫更为深刻地了解到百姓的疾苦，更加深刻地将自己个人的

---

① 杜甫.《全唐诗》《壮游》，中华书局，1960。

② 杜甫.《全唐诗》《奉赠韦丞丈二十二韵》，中华书局，1960。

③ 杜甫.《全唐诗》《壮游》，中华书局，1960。

生命感怀与对国家前途和黎民苍生的牵挂、担忧紧密结合起来，创作了大量在思想和艺术方面成就甚高的诗歌杰作。大历五年，臧玠在潭州作乱，杜甫又逃往衡州，原打算再往郴州投靠舅父崔漳，但行到耒阳，遇江水暴涨，只得停泊方田驿，五天没吃到东西，幸亏县令聂某派人送来酒肉才得救。后来杜甫由耒阳到郴州，需逆流而上二百多里，这时洪水又未退，杜甫原本一心要北归，这时便改变计划，顺流而下，折回潭州。大历五年冬，杜甫在由潭州往岳阳的一条小船上去世，时年五十九岁。

杜甫在中国古典诗歌中的影响非常深远，被后人称为“诗圣”，他的诗被称为“诗史”。后世称其杜拾遗、杜工部，也称他杜少陵、杜草堂。杜甫在世时并未获得与之成就相符的应有的重视，名声并不显赫，但后来声名远播，对中国文学和日本文学都产生了深远影响。杜甫共有约一千五百首诗歌被保留下来，大多被集于《杜工部集》。

诗歌赏析

杜甫的诗作素来以沉郁顿挫的风格而为人所知。然而，这首《饮中八仙歌》则向人们展现出了杜甫诗作中少有的、轻快谐谑的一面，也从一个局部使后人得以一窥唐人的日常生活面貌。

这首诗为天宝五年前后，诗人初到长安时所作。诗人所称的“饮中八仙”为当时生活在长安的，以嗜酒善饮、豪放旷达著称的八位知名人物。其中“知章”即曾经写下“不知细叶谁裁出，二月春风似剪刀”的老诗人贺知章。“汝阳”指唐玄宗之侄，在当时极为受宠的汝阳王李琎。“左相”为时任左丞相的李适之，《唐书·宗室宰相传》中说他可以喝酒一斗还不醉，夜晚饮酒作乐，白天处理政事，一点也没有耽误工作。“宗之”为崔宗之，袭封齐国公，历左司郎中、侍御史，他与之后上场的苏晋都是当时的诗人、名士。李白即是那位写出“安能摧眉折腰事权贵，使我不得开心颜”的谪仙李太白。张旭以草书著名，与贺知章、张若虚、包融号称“吴中四士”。张旭的草书作品与李白的诗歌、裴旻的剑舞，在当时并称“三绝”，张旭在书法史上具有重要的地位。殿后出场的焦遂为一介布衣，但与之前出场的七人一样，也善于饮酒。

杜甫这首《饮中八仙歌》以轻快的节奏和诙谐的笔调，勾勒描绘出一幅生动的人物群像谱。“饮中八仙”这组人物形象共性是鲜明的，而诗人也意在表现他们皆嗜酒这一相似之处。但杜甫还以严整的篇章结构和灵动多变的表现角度使诗作中的“八仙”具有了同中有异、个性鲜明等特点。

从篇章结构方面看，诗人在布局上是经过严谨思考的。首先出场的贺知章、汝阳王李琎、左丞相李适之，或年高，或位重，都是当时的显贵人物，故列为一组。随后出场的崔宗之、苏晋、李白、张旭，都是在文坛中颇有美誉的诗人、名士，故列为一组。最后出场的焦遂只是一介布衣，因此殿后。

从人物形象的表现角度方面看，诗人也是颇具匠心的。

在表现贺知章嗜饮时，杜甫以骑马似乘船的比喻生动表现了老诗人饮酒后摇摇晃晃的醉态。写酒醉的老诗人眼花不慎跌入枯井中，竟然在井中酣睡，以夸张的手法表现了老诗人贺知章饮酒之后的旷达纵逸。

汝阳王李琎是唐玄宗的侄子，宠极一时。在表现李琎嗜饮时，杜甫抓住了人物显贵的身份，第一句"三斗始朝天"，写他敢于在酣饮三斗之后再面见天子，其中"始"字颇显人物之神气。第三句"恨不移封向酒泉"说的是李琎爱酒爱到了恨不得改变朝廷给自己的封地的程度。中间"道逢麴车口流涎"则以极为诙谐的神态描写，表现了李琎看到酒车驶过时垂涎三尺的痴态，读来令人捧腹。

左丞相李适之雅好宾客，饮酒日费万钱。在遭罢相后，李适之赋诗道："避贤初罢相，乐圣且衔杯，为问门前客，今朝几个来？"（《旧唐书·李适之传》）杜甫写李适之饮酒，就以"左相日兴费万钱，饮如长鲸吸百川"一句来体现李适之宴饮之奢华，极尽夸张之能事。而"衔杯乐圣称避贤"则巧妙地化用李适之自己的诗句，融入了权力斗争中丰富的政治意味。

在写崔宗之和苏晋这两位名士时，诗人则又侧重于表现人物风流潇洒的气质神韵。在描写崔宗之时，以"宗之潇洒美少年"直接点出人物年轻、英俊、潇洒的外形和气质，后以"举觞白眼望青天"一句，在仰头饮酒的动作描写中，以"白眼"化用阮籍"青眼"的典故，表现人物卓尔不群的志趣。在塑造苏晋的人物形象时，杜甫通过捕捉人物的矛盾之处，幽默地表现出人物的形象。苏晋一方面斋戒参禅，另一方面又嗜饮醉酒，在“斋”与“酒”的矛盾中只好“醉中往往爱逃禅”了。

诗人对李白的描写多达四句，在八仙之中位列第一，从中不难想见杜甫对李白的敬慕。在表现李白嗜酒时，杜甫完全紧扣李白人物形象的卓然不群之处。“李白斗酒诗百篇”不仅写出了李白爱酒，更写出了李白的诗歌创作与酒之间的不解之缘，我们也可以从中体会到李白那些豪放飘逸、汪洋恣肆、充满瑰丽想象和大胆夸张的诗作是在怎样的精神状态下创作而成的。“天子呼来不上船，自称臣是酒中仙”鲜明地体现出李白不屑于“摧眉折腰事权贵”的傲岸风骨，可谓把握住了李白另一个极为突出的形象特质。

对于张旭嗜酒的描写，同样紧扣人物自身独特的身份，以“三杯草圣传”点出张旭草圣的身份，以“挥毫落纸如云烟”表现了张旭饮酒后变幻多姿的书法艺术。“脱帽露顶王公前”则表现了醉酒后的张旭倨傲不恭、狂放不羁的性格特点。

焦遂为布衣百姓。在塑造焦遂形象时，杜甫以“五斗方卓然”凸显焦遂酒量之大，见识之非凡，以“高谈雄辩惊四筵”表现其具有雄辩的口才。在刻画焦遂的性格特征时，集中渲染人物的卓越见识和论辩口才，用笔严谨。

饮中八仙，人物身份、地位各有不同，在杜甫的笔下个性鲜明，各具情态，令人不得不赞叹杜甫驾驭文字功力之深厚。

“力士脱靴”的故事

李白嗜酒，在翰林院中常常饮酒沉醉。一次，唐玄宗令李白撰写乐词，而此时的李白正沉醉不醒。于是，众人用凉水浇他，李白醉意才稍减，略能起身行动。于是李白请人拿来纸笔，挥毫写下了十余章乐词，可谓文不加点。

又一次，李白在宫中喝醉后竟伸脚，令坐在身旁的宠臣高力士为其脱掉靴子。高力士一时不知所措，只得为李白脱靴。高力士在当时很受宠幸，权力也很大，朝廷的各种奏事往往经他之手。故而，当时朝中的文武百官没有不逢迎高力士的，高力士从未受过这样的侮辱。于是，他决定找机会报复李白。

杨贵妃爱吟李白的《清平乐词》，正巧高力士也在一旁，他故意说：“我本以为贵妃受了李白的侮辱，一定对他恨之入骨，没想到你这么爱他的诗！”杨贵妃吃惊地问道：“李学士怎么会侮辱我呢？”

高力士说：“李白的诗中不是有‘借问汉宫谁得似，可怜飞燕倚新妆’两句吗？”杨贵妃说：“对呀，但这与我又有什么关系呢？”高力士微微一笑，接着说道：“汉朝宫廷里的赵飞燕，出身歌女，地位卑贱，后来虽然一度被立为皇后，但最终还是被贬为庶人。李白将赵飞燕跟您相比，不是把你看得太下贱了吗？”

杨贵妃听了高力士的话，也对李白心生恼怒。这以后，唐玄宗几次想任命李白，都被杨贵妃阻止了。相传这也成为后来李白仕途不顺，遭赐金放还的原因。

第四节 “情深义重”的故事

唐诗

登柳州城楼寄漳汀封连四州刺史

柳宗元

城上高楼接大荒，海天愁思正茫茫。
惊风乱飐芙蓉水，密雨斜侵薜荔墙。
岭树重遮千里目，江流曲似九回肠。
共来百越文身地，犹自音书滞一乡。

作者介绍

柳宗元（773—819），字子厚，河东（现在山西芮城、运城一带）人，唐宋八大家之一，是著名的文学家、哲学家、散文家和思想家，世称“柳河东”“河东先生”，因官终柳州刺史，又称“柳柳州”。柳宗元与韩愈并称为“韩柳”，与刘禹锡并称“刘柳”，与王维、孟浩然、韦应物并称“王孟韦柳”。

柳宗元二十一岁时进士及第，二十六岁时中博学宏词科，先后被授予集贤殿书院正字、蓝田尉、监察御史里行等职，并逐渐成为王叔文革新派的重要人物。顺宗即位后，重用王叔文，柳宗元也因而被提拔为礼部员外郎，掌管礼仪、享祭和贡举。

王叔文等掌管朝政后，积极推行革新，采取了一系列的改革措施，史称永贞革新。

永贞元年顺宗被迫禅让帝位给太子李纯，史称“永贞内禅”。李纯即位，即宪宗。宪宗一即位就打击以王叔文为首的政治集团，王叔文不久便被赐死，永贞革新宣告失败。柳宗元也因此被贬为邵州刺史、永州司马。王叔文政治集团的其他人也被贬为远州的司马，后称“二王八司马”。

柳宗元在永州的十年中，钻研哲学、政治、历史、文学并游历永州山水，结交当地士子，创作了以《永州八记》为代表的大量文学作品。《柳河东全集》共计五百四十多篇诗文中，有三百一十七篇创作于永州时期。

元和十年，柳宗元回到了长安，后被改贬为柳州刺史。元和十四年，宪宗大赦，在裴度的大力帮助下，柳宗元获召回京。十一月，柳宗元在柳州因病去世，享年四十七岁。

柳宗元一生存诗一百多首，其诗作简古幽峻，温丽清深。又有骈文近百篇，成就最高的是古文，散文论说性强，笔锋犀利，讽刺辛辣。游记写景状物，多寄托，有《河东先生集》，代表作有《溪居》《江雪》《渔翁》。

诗歌赏析

柳宗元的这首《登柳州城楼寄漳汀封连四州刺史》写于唐宪宗元和十年秋。当时政坛上发生了著名的“二王八司马”事件。诗人柳宗元与韩泰、韩晔、陈谏、刘禹锡因参加王叔文领导的永贞革新运动而遭贬谪。元和十年，柳宗元等被召回京师，后再度被贬，柳宗元被改谪柳州刺史。此前与他一同参与永贞革新运动的韩泰、韩晔、陈谏、刘禹锡也分别被贬为漳州、汀州、封州、连州刺史，也就是这首诗题目中提到的“漳汀封连四州刺史”，柳宗元的这首诗就是写给他们的。

经历多年贬谪生活的柳宗元倍感仕途险恶。他到达柳州后登上柳州城楼，在百感交集之中写下了这一诗作。

由于诗人沉浸于政治失意、友人离散的苦闷心境之中。因此全诗首联就通过借景抒情的手法，表现了诗人的惆怅苦闷。首联“城上高楼接大荒，海天愁思正茫茫”中的“大荒”一词意为空旷阔大的野外，一方面扣合前面的“高楼”，真实地写出了登高望远所见之景。另一方面，也体现出柳州作为贬谪边地的偏僻荒凉，隐隐流露出了诗人内心的失望和怅惘。“海天愁思正茫茫”将广袤无垠的海天与无尽的愁思联系起来，共同以“茫茫”一词加以修饰，在景与情的水乳交融中展现出诗人深沉无尽的愁思。

首句描写的是登楼眺望所见的远景，颔联“惊风乱飐芙蓉水，密雨斜侵薜荔墙”则从近景的层次，描写了急风胡乱地掀动水中的荷花，密雨斜打在长满薜荔的墙上的景象。然而，诗人在这里描写的，不仅仅是恶劣的自然环境。屈原在《离骚》中曾经写道：“制芰荷以为衣兮，集芙蓉以为裳。不吾知其亦已兮，苟余情其信芳。”“擥木根以结茝兮，贯薜荔之落蕊；矫菌桂以纫蕙兮，索胡绳之纚纚。謇吾法夫前修兮，非世俗之所服。”① 可见芙蓉与薜荔在传统文化中都象征着高洁美好的人格。联系这首诗的创作背景，我们不难体会其中所包含的诗人对自己和友人信而见疑、忠而被谤，进而遭受残酷政治打击的无限愁苦。

颔联由登楼所见之近景联想到自己与友人遭受的无情打击。颈联承接颔联的内容，联想一同遭受贬谪的友人们如今应在何方。随着这样的联想，颈联的描写内容也就自然回到了远景描写上。“岭树重遮千里目”以“千里目”描写出了诗人极目远眺的情态，实为表现诗人对友人的记挂。“江流曲似九回肠”则以“九回肠”点出了诗人的无尽哀愁。颈联抒情，将景的描写与情的抒发自然融为一体，彼此不分，耐人品读。

诗歌的前三联主要表现诗人在遭受政治打击后的苦闷以及对一同遭难的友人的思念。尾联承接前三联，自然想到要互相通信，然而即使同被流放到百越等偏远蛮荒之地，但因为地理的偏僻闭塞和交通的落后，音信难通，这就使得诗人内心的沉痛又进一步加深。在“共来”与“犹自”形成的转折之中，浸润了诗人无限的怅惋，值得细细体会。

“情深义重”的故事

柳宗元和刘禹锡青年时代就相识，并且在同年中举，随后在御史台共事。一起参加永贞革新遭贬后，两人始终保持书信

① 马茂元.《楚辞选》，人民文学出版社，1980。

往来，同病相怜，同喜同悲。在柳宗元死后，刘禹锡为柳宗元抚养子嗣，两人可谓不离不弃，情深义重。

元和十年正月，朝廷召八司马等人进京。这一诏令使得此前已经贬居十年，对未来早已心灰意冷的柳宗元的心中又浮起了希望。当年二月，柳宗元经过一番跋涉回到了长安。

然而，回京不久，柳宗元的命运又发生了陡然逆转。这年三月，刘禹锡邀请柳宗元等人去京城玄都观赏花。刘禹锡触景生情，作了一首《元和十年，自郎州承召至京，戏赠看花诸君子》，诗中写道："紫陌红尘拂面来，无人不道看花回。玄都观里桃千树，尽是刘郎去后栽。"诗的后两句实际上暗中讥讽了那些靠排挤自己得到提拔的朝臣，说那些新贵就像眼前满园新栽的桃花一样，不值一顾。这首"语涉讥刺"的诗激怒了宪宗和旧派朝臣，在京城又引起了一场政治风波。

八司马随即又被贬放到边远的不毛之地：韩泰为漳州刺史，柳宗元为柳州刺史，韩晔为汀州刺史，陈谏为封州刺史。由于刘禹锡的观花诗是使柳宗元等人再次被贬出京城的导火索，他也因此被贬谪到最为偏远的播州。播州在今天的贵州遵义，在唐代是个人口不足五百户的小州，自然环境恶劣，不适合北方人居住。刘禹锡家中尚有八十岁的老母亲，如果老母亲与刘禹锡同去播州恐怕凶多吉少，如果刘禹锡只身前往也必然成为母子永别。面对此情此景，柳宗元不顾个人得失，毅然向朝廷上书要求与刘禹锡交换贬所，代替刘禹锡去人人唯恐避之不及的播州，他说："播非人所居，而梦亲在堂，万无母子俱往理。"

危难之时才见朋友真情，此事足显柳宗元为人的高风亮节与待友的情深义重。好在这时御史中丞裴度伸出援手，刘禹锡才被改贬去连州做刺史，而柳宗元情深义重的故事则万古流芳。

第五节 “李白被骗”的故事

唐诗

赠汪伦

李 白

李白乘舟将欲行，忽闻岸上踏歌声。
桃花潭水深千尺，不及汪伦送我情。

作者介绍

见 96 页。

诗歌赏析

李白游泾县（今属安徽省）桃花潭时，曾在汪伦家作客。临别时汪伦前来送行，于是李白写了这首诗相赠。这首《赠汪伦》以精彩的诗歌创作构思表现了李白对汪伦的情深厚谊。

历代出版的《李白集》《唐诗三百首》《全唐诗》注解中都认为汪伦是李白在游历泾县时遇到的一个普通村民。而今人学者汪光泽和李子龙研读了泾县《汪氏宗谱》《汪渐公谱》《汪氏续修支谱》后则认为，汪伦又名凤林，为唐时知名人士。在当时就与李白、王维等人有交往，并常以诗文相赠答。开元天宝年间，汪伦为泾县令，李白前去拜访，受到款待，两人相处十分融洽，不忍分别。因而，此诗或为汪伦已闲居桃花潭时，李白来访所作。李白于天宝十三载（754 年）自广陵、金陵至宣城，这首诗大约作于此期前后。

这首诗前两句以直白的语言叙事，描写了诗人即将乘船离开，汪伦前来歌唱送行的场景。“忽闻岸上踏歌声”一句说明送别的不仅仅是汪伦，还有随汪伦同来送别的其他朋友，足见李白在当地颇受欢迎，也表现出主人汪伦的热情。两句诗中“将欲”与“忽闻”相互照应，灵动地表现出诗人见到汪伦前来送行时的惊喜之情。

后两句中，李白以近在眼前的“桃花潭水”作比，以“深”为相似点，在对比中突出汪伦对自己的情义之深，构思巧妙。“不及”二字将一虚一实、两个本看似毫不相关的对象联系起来，化无形为有形，进而加以对比，突出表现诗人自己的情感。清代沈德潜在《唐诗别裁》中评价这首诗道：“若说汪伦之情比于潭水千尺，便是凡语。妙境只在一转换间。”诗人信手拈来之句竟如此巧妙、自然，足见李白举重若轻的诗歌艺术。

明代唐汝询在《唐诗解》中说：“伦，一村人耳，何亲于白？既酿酒以候之，复临行以祖（饯别）之，情固超俗矣。太白于景切情真处，信手拈出，所以调绝千古。”[1] 这一评论是恰当的。

“李白被骗”的故事

清人袁枚在《随园诗话补遗·卷六》中记载：唐天宝年间，泾县豪士汪伦听说李白南下游玩，并旅居于南陵叔父李冰阳家，非常欣喜，于是写信给李白，信中写道：“先生好游乎？此地有十里桃花。先生好饮乎？此地有万家酒店。”李白得此信，听闻当地景色宜人，更有美酒可供畅饮，便欣然前往。

李白到了泾县，便问汪伦信中所说的桃园和酒家何在。汪伦回答说：“桃花是潭水的名字，并无桃花。万家是店主人姓万，并没有万家酒店。”原来汪伦只是在玩弄文字游戏，为请李白到访，故意投其所好。汪伦的回答不仅没有触怒李白，反而引得洒脱豪放的李白仰头大笑。

李白将要离开的那天，汪伦送给李白名马八匹、绸缎十端，派仆人送至船上。在家中设宴送别之后，李白登上了停在桃花潭上的小船，船正要离岸，忽然听到一阵歌声。李白回头一看，只见汪伦和许多村民一起在岸上踏步唱歌为自己送行。主人的深情厚谊，古朴的送客形式，使李白十分感动。他立即铺纸研墨，写下此诗送给汪伦。

---

[1] 王琦注.《李太白全集》，中华书局，1977。

第六节　“画眉深浅”的故事

唐诗

近试上张籍水部

朱庆馀

洞房昨夜停红烛，待晓堂前拜舅姑。
妆罢低声问夫婿，画眉深浅入时无？

酬朱庆馀

张　籍

越女新妆出镜心，自知明艳更沉吟。
齐纨未是人间贵，一曲菱歌敌万金。

作者介绍

朱庆馀，生卒年不详，名可久，以字行。越州（今浙江绍兴）人，宝历二年进士，官至秘书省校书郎。其诗多描写个人日常生活，词意清新，描写细致，有《朱庆馀诗集》。

张籍（766—830），字文昌，唐代中后期诗人，和州乌江（今安徽和县乌江镇）人。贞元初，与王建同在魏州学诗，后回和州。贞元十二年，孟郊至和州，访张籍。贞元十四年，张籍北游，经孟郊介绍，在汴州认识韩愈。韩愈为汴州进士考官，荐张籍。贞元十五年，张籍在长安进士及第。元和元年，调补太常寺太祝，与白居易相识，互相切磋，对各自的创作都产生了积极影响。张籍为太祝十年，因患目疾，几乎失明，被称为“穷瞎张太祝”。元和十一年，转国子监助教，目疾初愈。十五年后，迁秘书郎。长庆元年，张籍受韩愈举荐为国子博士，迁水部员外郎，又迁主客郎中。大和二年，迁国子司业。因历任水部员外郎、国子司业，世称“张水部”“张司业”。张籍为韩门大弟子，其乐府诗与王建齐名，并称“张王乐府”。有《张司业集》。著名诗篇有《塞下曲》《征妇怨》《采莲曲》《江南曲》《秋思》等。

诗歌赏析

张籍乐于推荐、提拔后辈，上面这首《近试上张水部》的作者朱庆馀就曾经得到张籍的赏识。当时，朱庆馀正要应考，唐代应进士科举的士子有向名人行卷、投送诗文以获得意见的风气。临近考试，朱庆馀担心自己的诗文不一定符合主考的要求，因此在这首诗中以新妇自比，以新郎比张籍，以公婆比主考，借此诗征求张籍的意见。在中国古代文学作品中，以夫妻或男女爱情关系比拟君臣以及朋友、师生等其他社会关系是比较常见的，其源头可以追溯到屈原及其《离骚》，是一种具有古典意味的表现手法。

在古代，新娘在洞房花烛夜的第二天清晨才正式拜见公婆。

朱庆馀在这首诗中以“洞房昨夜停红烛，待晓堂前拜舅姑”点明了时间已是即将拜见公婆的当天早晨，把即将应考的自己比喻成即将拜见公婆的新娘，在表现低顺的姿态和不安的心理两方面都是非常恰当的。更应当关注的是，古代新妇在初次面见公婆时，如果获得了积极的评价，那么她之后在新的家族中的地位就获得了初步保障，这与诗人借由科举考试初涉宦海以获得相应的社会地位是非常相似的。“妆罢低声问夫婿”中的“夫婿”指的是本诗的投送对象张籍。“新娘问夫婿”的构思，以及“低声”这一细致的描写，一方面符合人物之间的身份差异，另一方面也拉近了人物之间的关系，是一举两得的。最后一句“画眉深浅入时无”中的“入时无”是全诗的关键，它点出了本诗的写作目的——就自己的作品是否符合近期主考的喜好，咨询前辈张籍的意见。因为这一问题实际上是敏感的，因此不便公开明言，因此“低声”二字与这里的话语情境也是完美契合的。全诗构思独特，取譬巧妙，语言精妙，又显得合情合理。

而那首《酬朱庆馀》，就是张籍对朱庆馀的回答。

张籍顺水行舟，沿用了朱庆馀的譬喻。由于朱庆馀来自越州，因此张籍在诗中便将朱庆馀比喻成一位来自越地的采菱姑娘，以“自知明艳更沉吟”写出姑娘自知自己貌美仍然沉吟思忖，实际上是说朱庆馀确有才华，但对自己不够自信故而询问他人，在张籍看来这实际上并无必要。因为即使他人表面华贵花哨，但也不会引起人们的赞赏，因为犹如“一曲菱歌敌万金”的真正才华才是为人们所赏识的。张籍的回诗实际上肯定了朱庆馀的才华，暗示朱庆馀不必为这次考试担心，这是对后辈学子的鼓舞和呵护。

“画眉深浅”的故事

画眉是中国古代一种常见的化妆方法，大约产生于战国时期。屈原在《楚辞·大招》中就曾经写道：“粉白黛黑，施芳泽只。”“黛黑”指的就是用黑色的石黛画眉。汉代时，画眉更为普遍。《西京杂记》中写道：“司马相如妻文君，眉色如望远山，时人效画远山眉。”这是说要把眉毛画成长长弯弯的，像远山一样秀丽。后来又发展成用翠绿色画眉，主要在宫廷中流行。宋朝晏几道《六么令》中对此描写道：“晚来翠眉宫样，巧把远山学。”《米庄台记》中则说“魏武帝令宫人画青黛眉，连头眉，一画连心甚长，人谓之仙娥妆。”这种翠眉的流行反而使用黑色描眉成了新鲜事。杨贵妃“作白妆黑眉”，当时的人将此认作新的化妆方式，称其为“新妆”。因而徐凝在诗中描写道：“一旦新妆抛旧样，六宫争画黑烟眉。”

在盛唐时代，随着社会的发展，流行的审美趣味也有所变化。当时的女子流行把眉毛画得阔而短，外形好像桂叶或蛾翅。元稹就在诗中写道：“莫画长眉画短眉”，李贺诗中也曾经提到：“新桂如蛾眉”。当时的女子为了使眉画得不显呆板，于是又在画眉时将眉毛边缘处的颜色向外均匀地晕散，时人称为“晕眉”。还有一种是把眉毛画得很细，称为“细眉”，故白居易在

《上阳白发人》中有“青黛点眉眉细长”之句，在《长恨歌》中还有“芙蓉如面柳如眉”。到了唐玄宗时画眉的形式更是多姿多彩，名见经传的就有十种眉：鸳鸯眉、小山眉、五眉、三峰眉、垂珠眉、月眉、分梢眉、涵烟眉、拂烟眉、倒晕眉等。光是眉毛就有这么多画法，可见古人的爱美之心。

第四章　创作佳话

中国是诗歌的国度，唐宋两代更是诗歌的时代。中国古典诗歌在唐宋两代达到了表现内容的极致和艺术成就的高峰，几乎可谓是人情、事理无所不包，皆可以入诗。诗歌创作不再是少数文化精英的专享品，而是上至帝王将相，下至歌儿舞女的社会各个阶层的精神产品。其间，涌现出许许多多光照后世的诗人，围绕他们的创作与生平也留下了许多传奇佳话。

第一节　“龙门夺袍”的故事

唐诗

龙门应制

宋之问

宿雨霁氛埃，流云度城阙。河堤柳新翠，苑树花先发。洛阳花柳此时浓，山水楼台映几重。群公拂雾朝翔凤，天子乘春幸凿龙。凿龙近出王城外，羽从琳琅拥轩盖。

云罕才临御水桥，天衣已入香山会。山壁崭岩断复连，清流澄澈俯伊川。雁塔遥遥绿波上，星龛奕奕翠微边。层峦旧长千寻木，远壑初飞百丈泉。采仗霓旌绕香阁，下辇登高望河洛。东城宫阙拟昭回，南陌沟塍殊绮错。林下天香七宝台，山中春酒万年杯。微风一起祥花落，仙乐初鸣瑞鸟来。鸟来花落纷无已，称觞献寿烟霞里。歌舞淹留景欲斜，石关犹驻五云车。鸟旗翼翼留芳草，龙骑骎骎映晚花。千乘万骑銮舆出，水静山空严警跸。郊外喧喧引看人，倾都南望属车尘。嚣声引飏闻黄道，佳气周回入紫宸。先王定鼎山河固，宝命乘周万物新。吾皇不事瑶池乐，时雨来观农扈春。

作者介绍

宋之问（656—712），字延清，虢州弘农人（今河南灵宝市人）。宋之问并无显赫的门第家世。父亲宋令文起自乡间，矢志于学，交友重义，多才多艺，不仅爱好文学创作，工于书法，而且勇力过人，世称“三绝”。唐高宗时担任右骁卫郎将和校理图书旧籍的东台详正学士，饶著声誉。在父亲的影响下，宋之问和弟弟宋之悌、宋之逊自幼勤奋好学，各得父之一绝。宋之悌骁勇过人，宋之逊精于草隶，宋之问则工专文词，成为当时的美谈。上元二年，身材高昂、仪表堂堂的宋之问进士及第，登临“龙门”，踏上了仕途。武则天时，宋之问凭借文才担任宫廷侍臣，颇受恩宠，后因结交张易之而获罪，被贬为泷州参军。中宗景龙二年转考功员外郎，与杜审言、薛稷等同为修文馆学士。后又以受贿罪被贬为越州长史，睿宗景云元年流放钦州，玄宗先天元年遭赐死。留有《宋之问集》。

诗歌赏析

这首《龙门应制》是一首七言歌行体诗歌，记述武后到访龙门之事，是一首应制诗。所谓应制诗，也叫应和诗，是我国古代臣僚奉皇帝之命所作、所和的诗。唐以后，应制诗大多为五言六韵或八韵的排律，内容上多为歌功颂德，少数也陈述一些对皇帝的期望。

诗歌开篇“宿雨霁氛埃，流云度城阙。河堤柳新翠，苑树花先发。洛阳花柳此时浓，山水楼台映几重”以铺排的手法描写了洛阳初春雨后清丽繁华的环境，呈现出一派欣欣向荣的景象，为天子巡游作铺垫。

“群公拂雾朝翔凤，天子乘春幸凿龙……嚣声引飏闻黄道，佳气周回入紫宸”切入正题，描写了天子携群臣出城的盛大场面和各种祥瑞之境，其铺排极为浓烈，符合应制诗的需要，体现了应制诗的普遍特征。

全诗以“先王定鼎山河固，宝命乘周万物新。吾皇不事瑶池乐，时雨来观农扈春”结尾，曲终奏雅。强调天子此游不为享乐，而是尽到天子劝农的职责，为天下苍生谋福祉，使得整首诗的主题立意陡然上升到了更高的层次。

计敏夫所著《唐诗纪事》卷十一中记载："武后游龙门，命群官赋诗，先成者赐以锦袍。左史东方虬诗成，拜赐坐未安；之问诗后成，文理兼美，左右莫不称善，乃就夺锦袍衣之。"这就是这首诗的写作背景。

现需要对诗中出现的几个词语稍加解释："黄道"是太阳的轨道，在这里指帝王行经之道。"鼎"是王朝正统的象征。"瑶池"是传说中周穆王与西王母欢宴的地方，这里暗指过度奢侈或纵欲享乐。

宋之问的这首诗中，运用了许多较早的京城歌行体诗歌的表现技巧，以赞美武后的出游，多用陈述句式。诗的最后，诗人以"吾皇不事瑶池乐，时雨来观农扈春"收尾，赞美君王并非痴迷于享乐，而是躬亲天下，关心农事，勤政爱民，以此肯定了武周政权的正统性。

"龙门夺袍"的故事

"龙门夺袍"故事最早见于《旧唐书·宋之问传》，而宋人计有功《唐诗纪事》卷十一的记载最为详细。据《唐诗纪事》的记录，"龙门夺袍"的故事发生在武则天建立大周之后，御驾亲临洛阳龙门香山寺。香山寺始建于北魏，原为唐代印度僧人日照的墓地，武则天天授元年，由武三思奏请核准为佛寺，命名香山寺，香山寺的上方有武则天的行宫望春宫。

在一次游龙门时，武则天命令在场群臣赋诗，并许诺以锦袍赏赐先写成的人，诗歌的优劣则由当时著名的才女上官婉儿裁定。结果左史东方虬首先写好，题为《咏春雪》："春雪满空来，触处似花开。不知园里树，若个是真梅?"于是，按事先约定的规则，武则天将锦袍赐给了东方虬。东方虬拜谢后尚未坐定，宋之问的诗也写好了，上官婉儿认为宋之问的诗文理兼美，左右群臣没有不赞叹的。于是，武则天竟然夺回刚赐给东方虬的锦袍，披在了宋之问的身上。这就是文坛佳话"龙门夺袍"。

第二节 "太宗骗《序》"的故事

唐诗

设缸面酒款萧翼探得来字

辩 才

初酝一缸开，新知万里来。

披云同落寞，步月共裴回。

夜久孤琴思，风长旅雁哀。

非君有秘术，谁照不然灰。

答辩才探得招字

萧 翼

邂逅款良宵，殷勤荷胜招。

弥天俄若旧，初地岂成遥。

酒蚁倾还泛，心猿躁似调。
谁怜失群雁，长苦业风飘。

作者介绍

辩才，唐初人，姓袁，居越州永钦寺，智永的弟子。

萧翼，本名世翼。江南大姓萧家出身，梁元帝的曾孙。唐贞观年间，曾任谏议大夫、监察御史。

诗歌赏析

何延之的《兰亭记》中曾经记载萧翼替唐太宗骗取辩才收藏的《兰亭集序》的故事。这两首诗相传就是萧翼与辩才“探韵”所赋之诗。所谓“探”，指的就是探韵，即通过抽阄的方式得赋诗所押之韵，具体说来，就是以“探”得之字作为首联韵脚，该字所在的韵部为下三联韵脚。

辩才诗的首联“初酝一缸开，新知万里来”写见到萧翼的欣喜。“初酝”即题目《设缸面酒款萧翼探得来字》中的缸面酒，就是指新酒。新酒初熟，刚从酒缸中取出，恰好有新认识的朋友从远方到来，以新酒招待新知，是值得高兴的事情。颔联“披云同落寞，步月共裴回”主要表现两人相见甚欢的情形。其中的“披云”指大驾光临，将朋友的到来比为从天而降，突出了相逢的惊喜。两个寂寞的人一见如故，从而将孤寂消解。两人在月下一同散步，畅谈缓行，即使夜深也不肯离去。颈联

“夜久孤琴思，风长旅雁哀”则宕开一笔，变换角度，从反面写独居的苦闷。深夜通过独奏的琴声以及凄风之中孤雁的哀鸣衬托诗人的悲哀。尾联“非君有秘术，谁照不然灰”则通过反问句式作结，重申友人相识相得的快乐。诗句中的“然”字即“燃”字。诗人以“不然灰”比拟自己枯寂的心境，而现在这样的心境竟可以死灰复燃，不知友人有什么神奇的法术，言下有无限深情。全诗构思绵密，对仗工稳，感情真挚深沉。

辩才的诗歌是充满真挚深情的，而萧翼的答作则显得有些敷衍。首联“邂逅款良宵，殷勤荷胜招”写相逢留宿的偶然，对主人的热情款待表达了谢意。颔联主要写自己宾至如归，与辩才一见如故。颈联上句“酒蚁倾还泛”写主人热情劝酒，下句“心猿躁似调”契合辩才僧人的身份，写在对方的感化之下，自己浮躁的内心得以调和进而归于平静。在尾联中，萧翼自比为孤雁，感慨自己在世事中彷徨失措、身不由己，从反面致意主人的招待让自己身心皆安。总体来说，这首诗符合作为客人致意主人的规范，彬彬有礼，但是较为浮泛，相对主人辩才的诗作，显得缺乏真意。

“太宗骗《序》”的故事

东晋大书法家王羲之于永和九年三月三日，与当时政坛和文化界的知名人士一同在会稽山阴（今浙江绍兴）之兰亭行修祓禊之礼（在水边举行的去除不祥的祭祀）。期间，王羲之泼墨所作的《兰亭集序》后来成为举世公认的书法精品。王羲之死后，《兰亭集序》由其子孙收藏，后传至其七世孙僧智永，智永圆寂后，又传给了弟子辩才和尚，辩才得这一书法瑰宝后在梁上凿暗槛藏之。

唐太宗醉心于书法，颇为不能得到《兰亭集序》而遗憾。当他听说辩才藏有《兰亭集序》后，便召见辩才，想要一睹《兰亭集序》。可是辩才却推说从没见过什么《兰亭集序》。太宗于是召见群臣说："朕对右军的《兰亭集序》梦寐以求，谁能从辩才手中取得，朕一定重赏他。"尚书右仆射房玄龄向唐太宗推荐梁元帝的曾孙，多才善谋的监察御史萧翼担当此任。

萧翼换上了黄衫，打扮成山东书生的模样，随商船来到山阴永欣寺。他特意在太阳快落山时才进寺，缓步而行，装作若无其事的样子观看寺中的壁画。当他来到辩才的院落时，又故意停步不前。辩才见这位游客器宇不凡，便上前施礼问道："何处施主光临寒寺？"萧翼彬彬有礼地上前拜道："弟子是北方人，卖完蚕种顺道游历圣寺，在此有幸遇上高僧大师，快哉！快哉！"当晚辩才请萧翼进房用茶，两人下棋抚琴，谈天论地，评文述史，探讨书法。两人情投意合，皆觉相见恨晚。临别时，辩才依依不舍，请萧翼方便时再次光临永欣寺。

隔了几天，萧翼带来美酒看望辩才，如此往返两三次，辩才羡慕萧翼满腹经纶，也就渐渐放松了警惕。有一次，萧翼拿出梁元帝书写的《识贡图》书帖请辩才指教，辩才赞叹不已。从这以后辩才对萧翼更是无话不说。闲谈时，萧翼对辩才说：

"弟子自幼喜欢临帖，现在还珍藏着几件王羲之父子的真迹。"辩才听说是王羲之父子的真迹，连忙请萧翼带来看看。第二天辩才看过萧翼带来的二王的字帖后说："真迹倒是真迹，可惜不是佳品。贫道有一王羲之的真迹，颇不平常。"萧翼追问是何帖，辩才毫不犹豫地说是大名鼎鼎的《兰亭集序》。萧翼见辩才上了钩，故意装出若无其事的样子，说："数经战乱，王羲之的《兰亭集序》怎么还会在世呢？你那幅一定是赝品。"辩才怕萧翼不相信，连忙将藏在屋梁暗槛内的《兰亭集序》拿下来给萧翼看。看后，萧翼又故意说字是假的，于是二人争论不休。

辩才自从将《兰亭集序》给萧翼看后，就干脆把它和萧翼带来的二王杂帖一起放在书桌上。一天，萧翼趁辩才外出做客，来到了辩才的房间，谎称自己将书帖遗忘在床上了，请小和尚打开门，小和尚见是经常出没在大师房的萧翼，未加思索就开了门。萧翼将《兰亭集序》和二王杂帖放进衣袋内，转身就走了。

萧翼得到了《兰亭集序》，便来到永安驿告诉驿长陵愬自己是本朝御史，有皇上的御旨，请驿长急告都督。都督齐善行接到传信，急忙前来拜见萧翼，看过御旨后便急忙派人召辩才见萧御史。辩才一见原来御史就是萧翼，惊奇不已。萧翼彬彬有礼地对辩才讲明自己是奉皇上旨意，前来取《兰亭集序》。现《兰亭集序》已到手，特来与大师道别。辩才听后，当场昏倒在地。待他醒过来时，萧翼已驱车回京城去了。

萧翼智取墨宝回到京城长安，唐太宗十分欣喜，大摆宴席招待萧翼及群臣。宴席上唐太宗当众宣布："房玄龄荐人有功，赏锦彩千尺，萧翼加官五品，晋升为员外郎，并赏住房及金银宝器。"辩才犯欺君之罪，本应加刑，因年迈获免。唐太宗宽大为怀，还赐给他谷物三千石。辩才深感皇恩，将赐物变卖，建造了一座精美的三层宝塔放置在永欣寺内。他因《兰亭集序》一事担惊受怕，身患重病，一年后便去世了。

至于《兰亭集序》的下落，后来成为千古谜案。很多人相信，由于唐太宗酷爱《兰亭集序》，因而在他下葬时将《兰亭集序》作为随葬宝物一同埋入了地宫陵寝。

第三节　"御宴赐绯"的故事

唐诗

回波乐

沈佺期

回波尔时佺期，流向岭外生归。
身名已蒙齿录，袍笏未复牙绯。

作者介绍

沈佺期（约656—714），字云卿，相州内黄（今安阳市内黄县）人，唐代诗人。与宋之问齐名，世称"沈宋"。善于诗歌创作，尤其长于七言。上元三年擢进士第。长安中，历任协律郎、通事舍人，预修《三教珠英》，转考功郎给事中。因为与张易之交好而受到牵连，被流放至驩州（今越南荣市）。不久任台州录事参军。神龙年间被召见且被授予起居郎的职务，并为修文馆直学士，后历任中书舍人，太子少詹事。开元初年离世。沈佺期的诗作中有不少应制之作，格律严谨，对仗精工，对律诗定型影响巨大。

诗歌赏析

这首《回波乐》语言通俗。“回波尔时佺期，流向岭外生归”说的是曾经被流放岭外驩州的诗人，如今遇赦归来。“身名已蒙齿录”说自己回到朝廷后，身份的安排已经得到了皇帝口头上的应允，即所谓“齿录”。“袍笏未复牙绯”说的是自己的官秩虽然口头恢复了，但是包括绯服、袍带、鱼袋、笏囊等一系列与官位相符的行头还未发还给诗人。这实际上是以直白诙谐的语言向皇帝讨要自己的政治待遇。

《回波乐》是最早的民间俗词之一，据说是在唐中宗时期出现，因最初与“曲水引流汎觞”有关，故得名“回波”。“回波乐”可以边唱边舞。唐人刘肃《大唐新话》中记载：“景龙中，中宗尝游兴庆池。侍宴者递起鼓舞，并唱《回波词》，给事中李景伯亦起舞，歌词云云。”崔令钦的《教坊记》干脆“谓之软舞”。孟启《本事诗》也记载了御史中丞崔日用创作的《回波乐》：“台中鼠子直须谙，信足跳梁上壁龛。倚翻灯脂污张五，还来啮带报韩三。莫浪语，直王相，大家必若赐金龟，卖却猫儿相赏。”可见《回波乐》的表现形式和内容是以通俗为主的。

沈佺期的这首《回波乐》从内容和风格来看，非常接近民间俗词。但是唐中宗不嫌其俗，照样“以绯鱼赐之”，这也是词从民间俗词转化为文人词的例证之一。其实，无论是沈佺期还是崔日用的《回波乐》，在主旨与功能上都是“娱宾遣兴”，这是当时这类作品在上层社会的最主要功能，这也是沈佺期这首《回波乐》在诗词发展史上的价值所在。只不过这两人皆在诗歌中附着了自己一定的政治诉求。

“御宴赐绯”的故事

在唐景龙年间，因罪被贬为台州录事参军的沈佺期得以官复原职，回到京都担任起居郎兼修文馆直学士。当时，唐中宗喜好在宫中举行歌舞、宴饮，席上群臣们都起舞、赋诗助兴。有一次，群臣们在宴会上歌唱当时的流行歌曲《回波乐》并起舞，沈佺期也为此填上新词，曰：“回波尔时佺期，流向岭南生归，身名已被齿录，袍笏未复牙绯。”结果这首诗很得天子的欢心，“中宗即以绯鱼赐之”，接着沈佺期又被晋升为正五品的中书舍人，接着又提拔为正四品的太子少詹事。这些变化的起因，就来自于一首小小的《回波乐》，因此这段“御宴赐绯”的故事也成为文坛佳话。

第四节 “浪漫怅别”的故事

唐诗

叹 花[1]

杜 牧

自是寻春去校迟，不须惆怅怨芳时。
狂风落尽深红色，绿叶成阴子满枝。

作者介绍

杜牧（803—852），字牧之，号樊川居士，京兆万年（今陕西西安）人。杜牧是唐代杰出的诗人、散文家，是宰相杜佑之孙，杜从郁之子。

杜牧于唐文宗大和二年中进士，授弘文馆校书郎。后赴江西观察使幕，转淮南节度使幕，又入观察使幕，历任国史馆修撰，任膳部、比部、司勋员外郎，黄州、池州、睦州刺史等职。

因晚年居长安南樊川别墅，故后世称“杜樊川”，著有《樊川文集》。杜牧以七言绝句著称，内容以咏史抒怀为主，其诗英发俊爽，多切经世之物，成就颇高。杜牧人称“小杜”，与李商

---

① 杜牧.《樊川文集》，上海古籍出版社，1978。

隐并称“小李杜”。

诗歌赏析

杜牧的这首《叹花》又名《怅别》，全诗围绕惆怅叹息着笔。

诗歌前两句“自是寻春去校迟，不须惆怅怨芳时”中的“春”和“芳”都是指花。杜牧借诗句表达寻春赏花却错过了花期的遗憾惆怅。“自是寻春去校迟”中起手的“自”字将诗人的自怨自艾、懊悔莫及传神地表达了出来。“不须惆怅怨芳时”从字面上表示诗人认为对春暮花谢不用惆怅，也不必怨嗟，这实际上是诗人的自宽自慰。毕竟，从这两句诗句看，诗人确实意在表达因错过花期而痛惜懊丧的心情，确有惆怅怨嗟之情。诗人在写法上的这种腾挪跌宕，曲折变幻，多少仍流露着无可奈何的情绪。

后两句“狂风落尽深红色，绿叶成阴子满枝”写狂风暴雨使深红色的花蕊凋零惨败。绿叶成荫，结子满枝，果实累累，春天已经过去了。诗人在节制、平实的描写中表露出寻春不见的惋惜、遗憾。

这首诗在构思方面采用“比”的手法，用春天的花开花谢、绿树成荫子满枝，暗喻少女的青春已逝、已生儿育女。这首诗的隐喻构设是若即若离、婉曲含蓄的，因此读者即使不知道与此诗有关的背景故事，就算只把它当作并没有寄托的一般咏物诗，也能够从中获得某种生命哲理的启悟。

“浪漫怅别”的故事

相传，杜牧任宣州幕下书记时，曾前往湖州游玩，受到湖州刺史崔君的盛情款待。杜牧说：“我希望能在江中泛彩船，让全湖州的人观看，到那时，我就在人群中慢慢地走着，细细地寻找，希望能找到心仪的人。”湖州刺史就依照杜牧的想法举行了一次活动。

当天，杜牧与崔刺史在江上饮酒观景，江两岸挤满了前来看热闹的人。此时，杜牡望见江岸边有一位老妇人带着一个女孩子正在张望。杜牧笑着说：“这个女孩子真是天姿国色，先前的那些女子和她相比简直就是不值一提！”崔刺史想结交杜牧，就立即将那祖孙俩请至船上，欲做媒人。老妇人说：“我这孩子能被杜大才子看中，自是她的荣幸，但她今年才十三岁，恐未宜嫁人。”杜牧说：“我只是想要订下迎娶的日期。”老妇人说：“将来若是违约失信，又应当怎么办呢?”，杜牧说：“十年之内，我必来湖州做郡守。我来湖州做郡守之日，便是迎娶她之时，倘我十年不来，随便她嫁人如何?”老妇人听后表示同意，于是杜牧便下了丰厚的聘礼。

此后，杜牧常常挂念湖州，然而他官职较低，不能提出调任湖州的请求。后来杜牧出任黄州、池州和睦州刺史，也并非他的本意。直到大中三年，杜牧的好朋友周墀出任宰相，杜牧才获得湖州刺史的职位。此时距离杜牧与那祖孙俩约定的时间，已经过去了十四年。

杜牧来到湖州，便立即请老妇人来见面。见面后，杜牧得知当年的那位姑娘如今已出嫁三年并生了两个孩子。杜牧责问说："从前你已经答应将女儿许配给我，为什么要违背诺言呢?"老妇人答道："你我当初约定以十年为期限，如今十年早已过去，此前你一直没有来，姑娘年岁渐渐大了，这才出嫁的。"杜牧屈指一算，果如妇人所言，于是无奈地放弃了迎娶那姑娘的念头。送走老妇人后，杜牧感慨万千、惆怅不已，挥笔写下了这首《怅别》。

第五节　"因诗免罪"的故事

唐诗

凝碧池[1]

王　维

万户伤心生野烟，百官何日更朝天。
秋槐叶落空宫里，凝碧池头奏管弦。

作者介绍

王维（701—761，一说699—761），字摩诘，号摩诘居士，

① 陈铁民校注.《王维集校注》，中华书局，2008。

唐朝河东蒲州（今山西运城）人，祖籍山西祁县，唐朝著名诗人、画家。

开元十九年，王维状元及第，历任右拾遗、监察御史、河西节度使。唐玄宗天宝年间，王维拜吏部郎中、给事中。安禄山攻陷长安时，王维被迫受伪职。长安收复后，被责授太子中允。唐肃宗乾元年间任尚书右丞，故世称“王右丞”。

王维参禅悟理，学庄信道，精通诗、书、画、音乐等，但主要是以诗名盛于开元、天宝间，尤长于五言。在诗歌的表现内容方面，多咏山水田园，与孟浩然合称“王孟”，有“诗佛”之称。书画特臻其妙，后人推其为南宗山水画之祖。苏轼评价其：“味摩诘之诗，诗中有画；观摩诘之画，画中有诗。”王维存诗四百余首，代表诗作有《相思》《山居秋暝》等。著作有《王右丞集》《画学秘诀》等。

诗歌赏析

王维有“诗佛”之称，其作品多有飘逸淡雅的神韵。然而，这首诗作却展现出王维对于政治生活的深深关切，使我们能够从不同的角度了解一个更为丰满立体的诗佛王摩诘。

这首诗《凝碧池》作于唐肃宗至德元载八月。《旧唐书·王维传》中记载：“禄山陷两京，玄宗出幸，维扈从不及，为贼所得。维服药取痢，伪称瘖病。禄山素怜之，遣人迎（王维）置洛阳，拘于普施寺（普施寺当为菩提寺之误），迫以伪署。”[1] 又据载，“天宝末，群贼陷两京，大掠文武朝臣及黄门宫嫔乐工骑士，每获数百人，以兵仗严卫，送于洛阳……禄山尤致意乐工，求访颇切，于旬日获梨园弟子数百人。群贼因相与大会于凝碧池……乐既作，梨园旧人不觉歔欷，相对泣下，群逆皆露刃持满以胁之，而悲不能已。有乐工雷海清者，投乐器于地，西向恸哭，逆党乃缚海清于戏马殿，支解以示众，闻之者莫不伤痛。”[2] 王维当时被安禄山叛军拘禁在菩提寺，被迫出任伪职。他的好友裴迪前来探望，当谈及乐工雷海清不畏强暴、慷慨赴死的事迹时，王维悲痛感慨，于是写下了这首诗。

《凝碧池》的前两句表现安史之乱发生后群臣和百姓的悲叹，表明了诗人坚定的政治立场。首句“万户伤心生野烟”中“伤心”写出战乱发生后人民的痛苦，“万户”则突出了对于安史之乱的愤恨不满是广大人民群众的共识，从而赋予了唐王朝统治者以政治正统的道义支持。“百僚何日再朝天”中的“天”无疑是指唐玄宗。诗人在此一方面回忆了过去盛世升平、百官朝天的景象，另一方面，也再次强调了以唐玄宗为正统，以安禄山、史思明叛军为逆贼的坚定政治立场。“何日”则表现出陷落敌手的旧臣因天子蒙难、百官流离，仓皇失主、无所依赖、期盼朝廷早日平定叛乱的拳拳之心。

---

① 刘昫.《旧唐书》卷一九〇下，中华书局，1975。

② 郑处晦.《明皇杂录》，开元天宝遗事十种本，上海古籍出版社，1985。

第三句“秋槐叶落空宫里”转而描写宫室之荒芜，表现出人去楼空、玉阶蒙尘、秋风瑟瑟、百树凋零、冷冷清清的凄凉景象。与前一句追忆的百官朝天的祥和繁盛之景形成了鲜明的对比，黍离之悲的意味是十分明显的。

诗歌的最后一句“凝碧池头奏管弦”笔触一转，写乱贼宴饮庆祝只是一时的狂妄与侥幸。如今乱贼叛军的管弦之声是以上面三句所写的人民厌弃、百官悲痛、天下凋敝为背景的，是在人民的泪光和诅咒中寻欢作乐。因而，即使最后一句看似只是平实的记录，却在字里行间充满了悲愤与哀痛。

这首《凝碧池》是一个动乱时代亲历者的见证实录，是一颗天性软弱又陷身贼手的苦难心灵的低吟，有一定的历史价值，值得细加吟味。

“因诗免罪”的故事

天宝末年，安史之乱爆发，朝廷震动，皇室南幸，安禄山的叛军旋即攻占了唐王朝的都城长安。当时，王维来不及逃出，被安禄山叛军俘获。叛军将王维拘禁在洛阳菩提寺，无可奈何之下，王维被迫做了伪官。当王维听好友裴迪说安禄山在凝碧池上召集梨园子弟奏乐开宴，就写了《凝碧池》一诗。这首诗充溢着亡国的悲痛和对朝廷的思念之情，鲜明地表现出王维坚持以唐朝廷为正统、绝不附逆的心迹。

至德二年，唐军收复两京，肃宗自凤翔回驾长安。当时，朝廷进行政治清算，群臣之中但凡在叛军占据期间做过伪官的，都定六等罪。而王维则因为这首诗曾经得到肃宗的嘉许，又加上王维的弟弟王缙平乱有功，请求削官为兄赎罪，得到了特别宽恕。这样的处理也从一个侧面反映了这首诗在当时影响之大。

第六节　“居大不易”的故事

唐诗

赋得古原草送别

白居易

离离原上草，一岁一枯荣。
野火烧不尽，春风吹又生。
远芳侵古道，晴翠接荒城。
又送王孙去，萋萋满别情。

作者介绍

见 48 页。

诗歌赏析

这首《赋得古原草送别》作于唐德宗贞元三年，是当时年仅十六岁的白居易的应考习作。按当时科考的规矩，凡是限定的诗题，诗人在诗作的题目前必须加“赋得”二字，作法与咏物诗相似。

本诗题面有“古原草”三字，白居易在首联就以“离离原上草”将其点破。“离离”是形容草木生长茂盛的样子，表现了春草旺盛的生命力，为下面的“一岁一枯荣”和“野火烧不尽，春风吹又生”张本。

值得注意的是，野草是一年生的植物，春荣秋枯本是自然规律。首句“离离原上草”是由野草的繁茂写起的。格律问题暂且不论，仅就诗句表现的内容来看，由繁茂联想到枯败，似乎表达为“一岁一荣枯”更符合联想应有的顺序，也更符合自然的规律。但诗人用“枯荣”而不用“荣枯”，是在构思上有特别的意味的，因而也是读者在阅读吟咏时应当玩味的。在下一联中不难发现，诗人实际意在表现生命的周而复始、生生不息，强调的是野草的生命即使枯萎，也依然会在天地满盈生命力的作用下迎来再一次的繁华。所以，“枯——荣”与“荣——枯”，前者积极，后者消极，暗示的情感倾向是大不一样的。诗句中另有两个“一”字，形成重复咏叹，将生命循环、生生不息的意味进一步体现出来。

第二联“野火烧不尽，春风吹又生”是对上面“枯荣”二字的进一步阐释。在这里，诗人将抽象的“枯荣”进一步形象化。“野火烧不尽”表现了生命经历残酷摧折后依旧顽强生长的壮烈。“不尽”和“又生”用词虽显质朴，但是同时也是刚健有力的。这二句不但写出“原上草”顽强的生命力，更写出一种理想的生命状态，具有普适的生命哲理。在语言上对仗亦工致天然，故成为卓绝千古的名句，为人津津乐道。

颈联将重点转移到“古原”上，由此引出题面中的“送别”之意。其中，“远芳”“晴翠”都是承接上面对草的描写，形象更具体、生动。“侵”“接”都是包含动作主体有意识行为的动词，是对上面写“原上草”的顽强生命力的继承和发展。而“古道”“荒城”一方面紧扣“古原”，另一方面又将诗歌的关注点从自然界的荣枯转移到人事的兴衰变迁上，野草的旺盛生命力与人迹的颓败形成了鲜明对比，富有深意。值得注意的是，这种过渡是随着诗人的视线焦点、循野草蔓延之势而自然完成的，可谓不着痕迹，自然巧妙。

尾联中“王孙”借自《楚辞》中的“王孙游兮不归，春草生兮萋萋”，说的是看见萋萋芳草而怀思行游未归的人，后来以此泛指远行未归之人。白居易在这里改其意而用之，写的是看见萋萋芳草而增送别的愁情，似乎每一片草叶都饱含别情，诗到此点明“送别”，为全篇画上了完满的句号。

从整体上看，这首诗语言自然流畅而又工整，具有多层次的哲理意味，全诗意境浑融统一。

“居大不易”的故事

贞元三年，十六岁的白居易从江南来到京都长安，带着自己的诗稿去拜会名士顾况。顾况看到诗稿上“白居易”的名字，便开玩笑说：“米价方贵，居亦弗易！”等到翻看诗稿，读到“离离原上草，一岁一枯荣。野火烧不尽，春风吹又生”的诗句时，马上连声叫好，并说：“道得个语，居亦易矣!”后来，顾况经常向别人谈起白居易的诗才，大加夸赞，白居易的诗名便传开了。

第七节 “十四成名”的故事

唐诗

滕王阁诗

王 勃

滕王高阁临江渚，佩玉鸣鸾罢歌舞。
画栋朝飞南浦云，珠帘暮卷西山雨。
闲云潭影日悠悠，物换星移几度秋。
阁中帝子今何在？槛外长江空自流。

作者介绍

王勃（650—676年），字子安，唐代诗人。绛州龙门（今山西河津）人，出身儒学世家，与杨炯、卢照邻、骆宾王并称为“初唐四杰”，王勃为四杰之首。

王勃自幼聪敏好学，据《旧唐书》记载，他六岁就能写文章，文笔流畅，被赞为“神童”。九岁时，读颜师古注的《汉书》，作《指瑕》十卷以纠正其错。十六岁时，应幽素科试及第，授职朝散郎，后为沛王府修撰。因作《斗鸡檄》被赶出沛王府。

之后，王勃历时三年游览巴蜀山川，创作了大量诗文。返回长安后，求补得虢州参军。在参军任上，因私杀官奴二次被贬。唐高宗上元三年八月，自交趾探望父亲返回时，渡海不幸溺水，惊悸而死。王勃在诗歌体裁上，擅长五律和五绝，代表作品有《送杜少府之任蜀州》，主要文学成就是骈文，无论是数量还是质量，堪称一时之最。代表作品有《滕王阁序》等，著有《王子安集》。

诗歌赏析

这首诗写于唐高宗上元三年，当时年轻的王勃正远行前往交趾（今越南一带）探望父亲。王勃在途经洪州（今江西南昌）时，恰逢当地阎都督在滕王阁上举行宴会，王勃有幸赴宴，并在宴会上即席创作了《滕王阁序》，成就了一篇流芳千古的名作。《滕王阁序》篇末附有这首语言凝练、含蓄的诗作，其内容主要为追忆滕王阁当年的繁华，描写如今物转星移的沧桑变迁，抒发了诗人面对世间盛衰无常的感慨。全诗情景交融、意境深远。

第一句“滕王高阁临江渚”开门见山地呈现出诗歌表现的对象滕王阁，并以“高”字突出了滕王阁高达雄伟这一最鲜明的特点，实现纵向空间的提升。又以“临江渚”点明滕王阁所在的地理位置，江渚的开阔使滕王阁的气势得以横向拓展。滕王阁是唐高祖李渊之子滕王李元婴任洪州都督时所建。当时的滕王阁下临赣江，可以远望、俯视下文中出现的“南浦”“西山”“闲云”“潭影”和“槛外长江”，这都是从第一句“高阁临江渚”中生发出来的。诗人用质朴苍老的笔法，使得滕王阁的雄浑气势跃然纸上。

“画栋朝飞南浦云，珠帘暮卷西山雨”两句在十四字中从晴雨两种气象、西南两个方位、朝暮两个时间，多角度地介绍了在滕王阁上所见的景色，兼有实写与虚写，极大地拓展了诗歌的表现内容。对“画栋”“珠帘”的描绘在前面诗句展现滕王阁雄伟的基础上进一步凸显了滕王阁的奢华。

“闲云潭影日悠悠，物换星移几度秋”从描写眼前和想象中的景色转移到对于时光流转的感慨。“闲云潭影”中有仰望、有俯视，诗人赏玩景色时的怡然神态跃然纸上，自然引出“日悠悠”的闲适之感。而在悠然的状态之下，诗人又进一步思考时光的停滞与流转。换言之，“物换星移几度秋”是对“日悠悠”的继承和放大。

楼阁常在、时光漫长与人生的无常、短促形成自然的联想和对比。“阁中帝子今何在？槛外长江空自流”写的便是诗人由登临滕王阁，观赏美丽景色、感慨时光流转而联想到当年建阁的滕王已经逝去。“槛外长江空自流”中的“空”字，一方面可以理解为建造滕王阁的滕王生命短暂、无常之空，也可以看作是当日与王勃一同登临滕王阁、参加阎都督宴会的众人生命必然归于湮灭之空，具有极强的哲学意味。

因而，这首诗并非仅仅是寻常登高望远的应酬之作，而是蕴含深刻、沧桑的人生感慨和生命短暂的悲剧意义的，是颇耐咀嚼的。

“十四成名”的故事

《新唐书·文艺传》对王勃有这样一段记载：“初，道出钟陵，九月九日都督大宴滕王阁，宿命其婿作序以夸客，因出纸笔遍请客，莫敢当，至勃，泛然不辞。都督怒，起更衣，遣吏伺其文辄报。一再报，语益奇，乃矍然曰：‘天才也！’请遂成文，极欢罢。”

滕王阁为唐高祖李渊的幼子滕王李元婴任洪州都督时所建。李元婴是唐太宗李世民的弟弟，为人骄奢淫逸，并无政绩可言。但他精通歌舞，善于绘画，尤其精通画蝴蝶，很有艺术才情。他修建滕王阁，也是为了歌舞享乐的需要。

滕王阁故址在今江西南昌赣江边，俯视远望，视野极为开阔。时任洪州都督的阎伯屿重修了滕王阁，定于重阳节在滕王阁上宴请文人雅士吟诗唱和，而十四岁的王勃因去探望在外做官的父亲而途经此地，于是也适逢其会。阎伯屿举办这场宴会实际是有一定意图的：他的女婿吴子章颇有才华，阎伯屿希望借举办宴会的机会，让自己的女婿在众人面前展露才华，为以后的发展打下一定的基础。于是阎伯屿令自己的女婿事先精心撰写一篇文章，以便在宴席上充作即席而成的作品。宴会上，众宾客对于主人阎伯屿的意图也都心领神会，在主人提出要写文章时宾客们都假意谦让、推辞。不料年轻气盛的王勃却即席提笔，挥毫泼墨，文惊四座。吴子章的才华自然不能与王勃相比，但这样一来，就打乱了主人阎伯屿的计划。好在阎伯屿也是爱才之人，不仅为王勃的才华所折服，还与王勃相交甚欢。在这个故事中，王勃的少年天才形象被树立起来，《滕王阁序》也作为骈文中最华丽的篇章流传千古。可惜后来王勃英年早逝，着实令人扼腕。

第八节 “因诗得名”的故事

唐诗

鹧 鸪

郑 谷

暖戏烟芜锦翼齐，品流应得近山鸡。
雨昏青草湖边过，花落黄陵庙里啼。
游子乍闻征袖湿，佳人才唱翠眉低。
相呼相伴湘江畔，苦竹丛深春日西。

作者介绍

郑谷（851—910），唐朝末期著名诗人。字守愚，袁州宜春人（今江西宜春市）。僖宗时进士，官都官郎中，人称郑都官。

又以《鹧鸪诗》得名，人称郑鹧鸪。其诗多写景、咏物，表现士大夫的闲情逸致。风格清新通俗，但流于浅率。曾与许棠、张乔等唱和往还，号称“咸通十哲”。有诗集《云台编》。

诗歌赏析

这首诗所描写的鹧鸪是一种鸟类，主要生活在我国南部，形似雌雉，体大如鸠。其鸣声为“钩辀格磔”，古人认为其声近似“行不得也哥哥”，故常借其声以抒写逐客流人的哀怨情。

郑谷这首诗咏鹧鸪并不重形似，而着力于表现鹧鸪的神韵。诗歌的开篇即写鹧鸪的习性和形貌。崔豹在《古今注》中记载，鹧鸪惧怕寒凉，很少在早晚活动。诗人在第一句“暖戏烟芜锦翼齐”中用一个“暖”字，便把鹧鸪怕寒的习性表现出来。“锦翼”二字，描绘了鹧鸪翅膀羽毛斑斓炫目的特点。“品流应得近山鸡”写出在郑谷的眼中，鹧鸪艳丽动人的外观可以和美丽的山鸡媲美。在写法上，诗人精简笔墨，并没有对鹧鸪的外貌作工笔细描，而是将其与山鸡比较，留给读者想象空间，收到言简意丰的效果。

诗人在之后的几联中都侧重于表现鹧鸪的鸣声，并着意体现鹧鸪叫声中包含的哀怨凄切的情韵。“雨昏青草湖边过，花落黄陵庙里啼”中的青草湖，即巴丘湖，在洞庭湖东南；黄陵庙，在湘阴县北洞庭湖畔。传说帝舜南巡，死于苍梧。二妃殉情，溺于湘江，后人遂立祠于水侧，是为黄陵庙。洞庭一带，也是当年屈原流落之地，因而往往引出迁客流人的羁旅愁怀。以“雨昏”“花落”进一步点出时节为晚春，时间为黄昏，气象为飘雨纷纷，通过环境描写，加强了整体意境的伤感凄迷，渲染出一种令人魂销肠断的氛围。“过”和“啼”二字，使鹧鸪与画面紧密地联系在一起，使鹧鸪之声和征人之情，自然交融在一起。沈德潜赞叹地说：“咏物诗刻露不如神韵，三四语胜于‘钩辀格磔’也。诗家称郑鹧鸪以此。”（《唐诗别裁集》卷十六）正道出了郑谷凭这两句诗成名的奥秘。

“游子乍闻征袖湿，佳人才唱翠眉低”两句描写的则是游子佳人听闻鹧鸪鸣叫时的动作、神态。这两句看似是从鹧鸪转而写人，实际不离鹧鸪之声，承接相当巧妙。“游子乍闻征袖湿”与“佳人才唱翠眉低”，都是承上句中鹧鸪之“啼”而来。通过游子和佳人的动作、神态，写出了人物内心凄苦、悲哀的情感，句中“乍”“才”二字更是将游子、佳人内心的愁苦鲜明地表现出来。在这里，人之哀情和鸟之哀啼，互为补充，相得益彰。这两句虽然没有对人物的心理活动、内心情感进行直接描写，但人物的心情却呼之欲出，富有想象吟味的艺术空间。

最后一联“相呼相应湘江阔，苦竹丛深日向西”将描写的对象重新拉回到鹧鸪，“湘江阔”“日向西”的环境描写越发表现出环境的空阔幽冷，使鹧鸪之声越发凄唳。“苦竹”点出一个“苦”字，实际上正是整首诗情感的核心。该诗终篇宕出远神，言虽尽而意无穷，透出诗人那沉重的羁旅乡思之愁。清人金圣叹在《圣叹选批唐才子诗》中评价这首诗的末句“深得比兴之遗”，这是很有见地的。诗人在这首诗的构思上牢牢把握住人和鹧鸪在感情上的联系，将鹧鸪的鸣叫和人的情感融为一体，表面上咏鹧鸪，实则重在表现神韵，难怪世人以“警绝”二字誉之。

“因诗得名”的故事

郑谷是晚唐一位重要的诗人。他曾经是诗坛的领袖，和许棠、喻坦之、任涛、温宪、李昌符、张乔、周繇、张蠙、李栖远等人被称为“咸通十哲”。郑谷就是因为这首《鹧鸪》而得名，当时人称郑鹧鸪。除此之外，他还有一首关于鹧鸪的名诗《侯家鹧鸪》：“江天梅雨湿江蓠，到处烟香是此时。苦竹岭无归去日，海棠花落旧栖枝。春宵思极兰灯暗，晓月啼多锦幕垂。唯有佳人忆南国，殷勤为尔唱愁词。”

第九节　“沈园遗恨”的故事

宋诗

沈园（其一）

陆　游

城上斜阳画角哀，沈园非复旧池台。

伤心桥下春波绿，曾是惊鸿照影来。

作者介绍

陆游（1125—1210），字务观，号放翁，南宋诗人。越州山阴（今浙江绍兴）人。

陆游出身于一个贫居苦学的官宦家庭，自幼好学不倦，十二岁即能诗文。由于生逢北宋灭亡之际，受到了父亲陆宰等士大夫爱国思想的熏陶，陆游从小耳濡目染，有忧国忧民的意识，具有强烈的爱国情怀。

宋高宗时绍兴二十三年，二十九岁的陆游赴临安参加科举考试，因名列秦桧之孙秦埙之前而触怒了秦桧，遭到黜落，秦桧死后三年才被启用。宋孝宗时赐进士出身。

在仕途上，陆游历任福州宁德县主簿、敕令所删定官等职。由于陆游主张抗金，收复中原故土，受到当时朝廷主和派势力的排斥、压制，在官场上一直很不如意。后陆游投身军旅，任职于南郑幕府，又奉诏入蜀。宋光宗时期担任礼部郎中兼实录院检讨官，不久因“嘲咏风月”被罢官，归居故里。嘉泰二年，宋宁宗诏陆游入京，主持编修孝宗、光宗《两朝实录》和《三朝史》。陆游在完成此编纂工作后长期蛰居山阴，去世之前留下绝笔诗《示儿》。

虽然仕途坎坷，然而在文学方面，陆游却展现出了极高的才华，其中又以诗歌的成就为最高。陆游一生笔耕不辍，自言“六十年间万首诗”，如今存世的诗歌作品有九千三百余首。

陆游的诗歌创作大致可以分为三个时期：在四十六岁入蜀以

前，陆游比较偏重于语言形式的探索推敲；入蜀到六十四岁罢官，这一时期陆游的诗风发生了较为明显的变化，不断探索追求宏肆奔放的艺术风格，诗歌饱含强烈的爱国激情；晚年蛰居山阴后，陆游诗风转向质朴而沉厚，表现出一种身居田园的清旷淡远，诗句中时常流露着苍凉的人生感慨。

陆游在史学方面也很有才华，他的《南唐书》被后人评价为“简核有法”，史评色彩鲜明，具有很高的研究价值。

诗歌赏析

《沈园二首》是陆游七十五岁时重回沈园时所作。当时陆游旧地重游，怀念起与前妻唐婉当年在沈园邂逅之事，触景生情。

陆游三十一岁时曾在沈园与被陆母拆散的原配妻子唐琬邂逅，作《钗头凤》题壁以记其苦思深恨。唐婉离世后，陆游多次到沈园悼亡。虽然写作此诗之时已过去四十五年，但这四十五年的光阴却将诗人的情感沉淀得更为醇厚，使诗歌更为感人肺腑。

本诗主要写诗人对当年沈园邂逅情景的回忆。第一句“城上斜阳画角哀”，以“斜阳”写出再临沈园是黄昏时分，在视觉色彩和文学联想两方面都营造出伤感、悲凉的气氛。接着，“画角哀”三字又从听觉的角度对这种哀伤之情加以强化。“角”是古代军中用来报时和预警的管乐器，它的声音高亢凄厉，容易引发听者怅然的情感。而陆游在此又加用一个“哀”字，将这种情感明确地点了出来。首句语言精练，从视觉和听觉两个方面渲染哀伤的情感，艺术效果十分强烈。

在首句奠定的伤感氛围中，诗人引出第二句“沈园非复旧池台”，既指出了诗人的游览地点，也点出了诗人此行是故地重游，更饱含了物是人非的惆怅之感。诗人在六十八岁写有一首《禹迹寺南，有沈氏小园。四十年前，尝题小词一阕壁间。偶复一到，园已三易主，读之怅然》，诗中有“坏壁醉题尘漠漠”之句，可以作为此诗的参照。沈园是陆游与唐婉的旧梦重温之处，此时斯人已逝，景物不再，留给诗人的只有空空的寥落、悲哀。

然而，陆游是痴情的。面对现实的巨大变化，陆游依旧痴痴地在沈园之中寻找往日旧梦留存的遗迹。第三句“伤心桥下春波绿”中的“春波绿”原是乐景，然而因其曾经映照过伊人的倩影，所以在诗人心中更激起“伤心”的涟漪。在“曾是惊鸿照影来”一句中，诗人终于将情感吐露。曹植曾经在《洛神赋》中描写过“翩若惊鸿”的仙子，而在陆游的心中，唐婉就如同仙子一般有着惊鸿之美。然而，由于种种原因，有情人被生生拆散，留下的是一生的遗憾落寞。诗人对唐婉的感情是真实的，然而在现实中又难以找到那份情感留存的痕迹，因此唐婉在水中曾经留下的倒影都成为诗人抒发情感的对象。倒影是一瞬的，是不可保留的，而春去春来的碧波绿却是自然的、永恒的。诗人将自己的情感放在宇宙的无常变幻之中去审视、吟味，又以天地的无情变化反衬出这份真情的永恒，读来更叫人唏嘘。

《沈园》其二为：

梦断香消四十年，沈园柳老不吹绵。
此身行作稽山土，犹吊遗踪一泫然。

“沈园遗恨”的故事

陆游出生于一个殷实的书香之家。在陆游年少之时，唐闳一家与陆游一家交往频繁，而唐闳的女儿唐婉温柔大方、善解人意、文静灵秀。陆游和唐婉两人年龄相仿，青梅竹马，情投意合。陆游在二十岁左右时与唐婉成为结发夫妇。

婚后，陆游与唐婉沉醉于甜蜜的两人世界中，这引起了陆游母亲的不满。陆母一方面对才华横溢的唐婉百般挑剔，另一方面更担心小夫妻儿女情长，耽误了儿子的前程功名，于是竟命陆游将唐婉休去。然而陆游与唐婉情投意合，不忍分别，于是陆游另筑别院将唐琬安置其中。陆母得知后，强令陆游另娶王氏为妻，并很快生下了孩子。唐家始终对唐婉被休一事愤愤不平，于是将女儿嫁于名为赵士程的文人。

绍兴二十五年，在礼部会试中失利的陆游到沈园散心，谁知竟巧遇唐琬。两人不禁感慨万千，伤心欲绝。陆游题壁一首《钗头凤》（红酥手）词，其词云：

红酥手，黄滕酒，满城春色宫墙柳。东风恶，欢情薄，一怀愁绪，几年离索。错，错，错。

春如旧，人空瘦，泪痕红浥鲛绡透。桃花落，闲池阁，山盟虽在，锦书难托。莫，莫，莫。

几年后，唐琬再次来到沈园，见到陆游的题词，悲痛不已，于是和了一阕《钗头凤》。其内容情感与陆词相呼应，读之令人垂泪。其词写道：

世情薄，人情恶，雨送黄昏花易落。晓风干，泪痕残，欲笺心事，独语斜阑。难，难，难！

人成各，今非昨，病魂常似秋千索。角声寒，夜阑珊，怕人寻问，咽泪装欢。瞒，瞒，瞒！

同年秋，唐婉抑郁而终。

陆游与唐婉的爱情悲剧令后世无数有情人唏嘘感慨。

第五章　风物雅俗

诗歌的创作与欣赏是文艺爱好者重要的审美活动之一，也是读书人抒发情感的重要途径。日常生活中平凡的事物在情感丰沛、富于联想的诗人眼中，往往被投射上丰富的审美价值和强烈的情感意义。这便使无情风物有情化，使事物的情感价值得到丰富和升华。这就打通了主体与客体间的隔阂，使人行走世间，在面对外部世界时得以获得更丰沛的生命感受。

第一节　“莼鲈之思”的故事

宋诗

夜书所见

叶绍翁

萧萧梧叶送寒声，江上秋风动客情。
知有儿童挑促织，夜深篱落一灯明。

作者介绍

叶绍翁，字嗣宗，号靖逸。叶绍翁原姓李，因为祖父李颖士涉及党事被贬，家道中落而被过继给姓叶的人家，故改姓叶。叶绍翁一生只在朝廷中做过小官，长期隐居于西湖。有诗集《靖逸小集》传世，此外他所编著的《四朝闻见录》，杂叙宋高宗、孝宗、光宗、宁宗四朝轶事，颇有史料价值。

从诗歌创作方面看，叶绍翁属于江湖派诗人。他在七言绝句的创作方面有较为突出的成绩，如脍炙人口的《游园不值》："应怜屐齿印苍苔，小扣柴扉久不开。春色满园关不住，一枝红杏出墙来。"对于春天的景物有非常细腻的观察和动人的描写，以小处的形表现大处的神。又如《嘉兴界》："平野无山见尽天，九分芦苇一分烟。悠悠绿水分枝港，撑出南邻放鸭船。"写江南水乡的景色风情，别具风味。另有《田家三咏》："织篱为界编红槿，排石成桥接断塍。野老生涯差省事，一间茅屋两池菱。"刻画农家生活场景，在平淡质朴之中寄意悠远。其咏史诗《汉武帝》："殿号长秋花寂寂，台名思子草茫茫。尚无人世团圞乐，枉认蓬莱作帝乡。"对历史人物颇有讽刺揶揄之语，可见叶绍翁见识之独到与深刻。

诗歌赏析

《夜书所见》一诗以含蓄委婉的笔触表现了客居他乡的游子在秋日的思乡感怀。

“萧萧梧叶送寒声”以对梧桐树叶被风吹动所发出的“萧萧”声开篇。“萧萧”之声来自梧桐枝叶，梧桐虽是佳木，但是在古代文化传统中却往往与伤感的情调联系在一起。随后的“寒声”又回扣前面梧桐树叶萧萧之声，写出节候的迁移，秋风乍起，寒意袭人。诗人在诗歌开篇就通过对声音的描写渲染出一种萧瑟、落寞、孤寂的情感氛围。

第二句“江上秋风动客情”，以“秋风”二字呼应首句的“寒声”，将落寞萧瑟的秋的时间背景交代得更为明确。“江上”与“客”写出这首诗的抒情主人公是一位远行在外的游子。游子的内心自然是思乡、孤寂、惆怅、无助的。“动客情”中“动”字看似不经意，实则非常恰当准确。“动”说明客的思乡愁苦之情是本来就已存在的，并不是因为受外界自然因素的影响而无中生有的。但又正是由于外在的萧萧梧桐之声、秋风的萧索寒意、秋季的生命之悲等自然因素的影响，使得抒情主人公内心的情感被触动、被强化，在天与人的情感共鸣中，整首诗表现的情感逐渐清晰起来。

“知有儿童挑促织，夜深篱落一灯明”两句写诗人看到篱笆不远处有一点灯火，猜想应是村童在这样一个深秋的夜晚捕捉蟋蟀玩耍的场景。这两句最是精妙，看似与前面两句所铺垫的游子乡愁无关，只是平实地描写旅人所见的寻常乡村生活场景。然而，这样平淡安详而又充满生活真味、真趣的场景却恰恰是游子此时最渴望又最不可得的。因此，看似所写内容前后宕开一笔，实际上却是以童子的乐反衬游子的愁，全诗“貌离神合”，颇耐咀嚼玩味。

“莼鲈之思”的故事

《夜书所见》中“江上秋风动客情”一句，化用了晋朝张翰“莼鲈之思”的典故。这一典故在诗歌创作中被后世诗人反复运用，如辛弃疾《水龙吟·登建康赏心亭》中的“尽西风季鹰归未”，其中的季鹰指的就是张翰。那么张翰究竟是因怎样的故事而被后世诗人不断吟咏呢？

张翰，字季鹰，西晋著名文学家，家乡在吴江。张翰有清才，善属文，为人纵任不拘，这些都与当年放荡不羁的阮籍颇有几分相似。由于阮籍世称“阮步兵”，所以当时人们也把张翰称为“江东步兵”。晋惠帝太安元年，张翰官至大司马东曹掾。

据《晋书·张翰传》记载，一天张翰因见秋风起，引发了对家乡吴中菰菜、莼羹以及鲈鱼脍的怀恋，说道：“人生真正可贵的，应该是要随自己心意去生活，怎么能够因为要追求名利爵位而不远万里经历宦海沉浮呢？”于是命令仆从治装回家，并且提笔作诗，写下了著名的《思吴江歌》：“秋风起兮木叶飞，吴江水兮鲈正肥。三千里兮家未归，恨难禁兮仰天悲。”

从此，中国诗学中多了一个“莼鲈之思”的典故，中国文人的精神家园中又多了一个放旷自适的精神典范。

第二节　“兰亭修禊”的故事

宋诗

和周廉彦

张　耒

天光不动晚云垂，芳草初长衬马蹄。
新月已生飞鸟外，落霞更在夕阳西。
花开有客时携酒，门冷无车出畏泥。
修禊洛滨期一醉，天津春浪绿浮堤。

作者介绍

张耒（1054—1114），宋代诗人、词人，字文潜，号柯山，人称宛丘先生、张右史，楚州淮阴（今江苏清江）人。张耒身材高大魁梧，因此又有人称他“肥仙”。著有《柯山集》《宛邱集》。

张耒出生于官宦世家，从小就受着正统教育的熏陶，他在《投知己书》中自称“十有三岁而好为文”，表现出他在诗文方面的天赋。张耒十七岁时写的《函关赋》在当时已被人们广为传诵。熙宁四年，张耒谒见正要前往杭州的苏轼，颇受苏轼青睐，后在东坡引荐下，在苏州应举，于熙宁六年中进士。

张耒先后在安徽、河南等地做了十多年的地方官。张耒为官清廉，家境每况愈下，经济拮据，生活困窘。哲宗元祐初年，张耒知润州，任秘书省正字，其后历任著作佐郎、秘书丞、史馆检讨，直到起居舍人。宋哲宗亲政后，新党得势并对元祐旧臣进行打击报复，张耒是“苏门四学士”之一，因此被指为元祐党人，数遭贬谪。在遭受贬谪受尽困苦之际，当时的郡守瞿汝文同情张耒的境遇，想要为他购买一份公田来种植豆、粟、蔬菜贴补家用，张耒却敬谢不取。

面对险恶的政治环境和困穷的生活境遇，张耒一生都以闻道苏轼自负，遭受重重打击、迫害，不仅没有后悔，反倒引以为豪，展现出令人敬佩的高尚人格。

诗歌赏析

这是一首描写郊外暮色之景，抒写踏春饮酒之乐的诗作。

首联“天光不动晚云垂，芳草初长衬马蹄”写景，笔法巧妙。上句写远景，表现傍晚时分天空的宁静，“晚云垂”三字给人静谧安详之感。下句写近景，以“马蹄”赋予画面以动态，在构思上借用了白居易的名句“浅草才能没马蹄”，用一“衬”字，体现了芳草本身的生命力，与马蹄相互映衬，形成具有美感的画面。

颔联中一弯新月已经挂在空中，而另一头的夕阳与晚霞仍未消失，既生动描写了傍晚时分天际的景象，又在艺术上形成了对比，极大增强了画面的色彩感，提升了诗句的艺术表现效果。同时，飞鸟与夕阳都可谓是远在天边之景，然而诗人却说新月在飞鸟“外”，落霞“更”在夕阳之“西”，通过双层的比较，进一步表现出新月和落霞之辽远，使得画面空间感被无限放大，甚至包容进宇宙、人生的亘古大荒之叹。这两句对于双层比较、互相映衬的综合使用，可谓是这首诗的妙笔。

后两联表现了诗人与同游宾客饮酒、畅玩的愉快心境，在艺术水平上较前两联相对平淡一些。

“兰亭修禊”的故事

修禊是古代的一项民俗活动，最初是上古时代在春季到水边进行祭祀，以求消灾祈福的仪式，《周礼·春官》中：“女巫掌岁时，祓除衅俗。”就是关于这一习俗的记载。

殷周之后，巫觋的遗风仍有留传，修禊就是其中之一。汉代应劭在《风俗通义》中仍把禊列为祀典，说：“禊，洁也。”《后汉书·礼仪志》中记载“祓禊”：“是月上巳，官民皆洁于东流水上，曰洗濯祓除，去宿垢，为大洁。”可见修禊的祭祀意义随着人们认识水平的提高而逐渐被淡化，人们更侧重于通过沐浴实现卫生保健的功能，为去除疾病，在修禊沐浴过程中往往还要配合各种香薰花草。

再后来，修禊演变为春季到来时，官吏及百姓到水边嬉戏游乐的活动，也常常成为中国古代诗人雅聚的范式。其中以“兰亭修禊”最为著名。

公元353年的三月初三（即古代修禊之日），时任会稽内史的著名书法家王羲之邀请四十多位文人和军政高官，在会稽郡山阴城的兰亭修禊聚会，魏晋时期显赫的家族，如王家、谢家、袁家、羊家、郗家、庾家、桓家等都参与其中，可谓“群贤毕至，长幼咸集”。他们共同欣赏山川美景，饮酒赋诗，感叹人生，尽情展现文人名士的旷达、清雅、飘逸，留下了许多精彩的诗文。后来王羲之将众人的作品合订为《兰亭集》，并乘兴作《兰亭集序》。此文对于人生的终极思考，思想深邃，文采灿烂，书法更是遒媚劲健，气势飘逸，被后世推为“天下第一行书”。从此，“兰亭修禊”成为绝无仅有的文人佳话。

第三节　“人面桃花”的故事

唐诗

题都城南庄

崔　护

去年今日此门中，人面桃花相映红。
人面不知何处去，桃花依旧笑春风。

作者介绍

崔护，唐代诗人。字殷功，唐代博陵（今河北定州市）人。贞元十二年登第。大和三年，为京兆尹，同年为御史大夫、岭南节度使。诗风精练婉丽，语极清新。《全唐诗》存诗六首，皆是佳作，尤以《题都城南庄》流传最广，脍炙人口，历来受人激赏。

诗歌赏析

这首小诗的前两句记述诗人去年到访都城南庄的场景，后两句描写今年再次到访所见的景象。相同地点的相似场面，因为时光的不同和人世的变化，形成了值得玩味的对照关系。

“去年今日此门中，人面桃花相映红”表现的是诗人去年此时到访都城南庄的场景。其中“去年今日”不仅仅指明寻访恰在同一日，更意在表现去年那次到访给诗人留下的深刻印象，以至于一年之后，诗人对这一日依旧念念不忘。“此门”二字更进一步加强了确指的力度。

“人面桃花相映红”一句中，诗人以桃花点出了到访的时节是春天，暗示这是一个春情萌动的时节。在这样的时节，诗人恰好邂逅了一位美丽的少女，此时的桃花又成为姑娘出场时的美好背景，衬托出少女容貌之美。“相映红”的描写，写出的不仅仅是少女红润的肌肤，姣好的容颜，更写出了少女与春日桃花一样青春健康的生命姿态。“人面桃花相映红”在看与被看的关系中委婉地表现了诗人与少女面面相对的瞬间，含蓄地写出了诗人目注神驰、情摇意夺的情状和双方脉脉含情、未通言语的娇羞情景。

“人面只今何处去，桃花依旧笑春风”描写的是距上次邂逅整整一年后的今天，诗人故地重游时所见的景象。还是春光烂漫、百花吐艳的季节，还是花木扶疏、桃树掩映的门户，然而，使这一切焕彩生辉的美丽少女却已经不知去处，只剩下门前一树桃花仍旧在春风中凝情含笑。通过桃花的“依旧”委婉含蓄地写出“人面”的不“依旧”，将诗人内心的失望曲折地表现出来，耐人寻味。

这首诗在构思上紧扣“人面”和“桃花”，通过“去年”和“今日”同时同地同景而“人不同”的对比，表现诗人去年邂逅少女的惊喜和今年有意寻找却寻不见的失落。对比手法的运用得以让诗人的情感不着痕迹地表现出来，真可谓是一切尽在不言中。

值得注意的是，尽管这首诗有富于传奇色彩的“本事”，具有较强的情节性，但它并不是一首叙事诗，而是一首抒情诗。“本事”可能有助于它的广泛流传，但读者对于这首诗的理解，完全可以脱离“本事”而上升到更为普遍的生命体验，感受在不经意间邂逅的美好事物，在着意追求时，往往不可复得，从中可以体会人生命运的难以把握，更可以领悟生命的无常。这也许正是这首诗经久不衰的原因之一吧。

“人面桃花”的故事

关于《题都城南庄》，有一则动人的故事。孟启在《本事诗·情感》中记载：在唐代，博陵（指河北省安平县）有一个名叫崔护的年轻人，容貌英俊，文才出众，性情孤洁寡合。崔护来到都城长安参加进士考试，结果名落孙山，便在京城附近寻觅住处，准备来年再考。

清明前后的一日，崔护前往都城南门外郊游，见到一座庄园，园内桃树丛生，静若无人。此时，崔护看到桃花丛中闪现出一位少女美丽的倩影。这位少女倚着桃树静静地伫立。崔护用话引逗她，她却只是默默不语，两人就这样相互注视着。崔护告辞后，那位少女似也有不舍之情，默默回到屋里。崔护也不住地顾盼，怅然而归。

到了第二年清明节，崔护思念起此前在南庄邂逅的那位少女，于是前去城南寻访，以求再见。到那里一看，门庭庄园一如既往，但是大门已上了锁。崔护便在门上题写下了“去年今日此门中，人面桃花相映红。人面只今何处去，桃花依旧笑春风”的诗句。

过了几天，他又来到城南，希望能够再次见到那位姑娘，谁料尚未进门便听到门内传来哭泣的声音，崔护于是叩门询问。此时，一位老者开门应答，问道：“你可是崔护吗？”崔护答道：“正是。”老父又哭着说：“是你杀了我的女儿。”崔护又惊又怕，不知该怎样回答。老父含泪继续说道：“我的女儿知书达理，尚未嫁人。自从去年清明开始，经常神情恍惚、若有所思。前几日陪她出去散心，回家时，见门上有题字。姑娘读完之后，进门就病了，之后数日不食，去世了。我老了，只有这么一个女儿，她迟迟不嫁的原因，就是想找个可靠的君子，借以寄托终身。如今她竟不幸去世。这难道不是你害死的吗?”说完老者又大哭。崔护也十分悲痛，请求进去一哭逝者。进屋后，崔护抬起她的头哭着说：“我在这里，我在这里!”不一会儿，少女睁开了眼睛。过了半天，竟然复活了。老父大为惊喜，便将女儿许配给了崔护。

这个故事后来衍生为“人面桃花”的典故，这一典故常常泛指那些被爱慕却不能再见的女子，或形容男女邂逅分离后男子追念的情形和怅惘的心情。后世的文人墨客也常借用这个典故表现自己的情感，如晏几道《御街行》：“落花犹在，香屏空掩，人面知何处?”袁去华《瑞鹤仙》：“纵收香藏镜，他年重到，人面桃花在否?”

第四节 “锦瑟难解”的故事

唐诗

锦 瑟

李商隐

锦瑟无端五十弦，一弦一柱思华年。
庄生晓梦迷蝴蝶，望帝春心托杜鹃。
沧海月明珠有泪，蓝田日暖玉生烟。
此情可待成追忆，只是当时已惘然。

作者介绍

李商隐（813—858），晚唐著名诗人，字义山，号玉溪（谿）生，又号樊南生，原籍怀州河内（今河南沁阳），祖辈迁荥阳（今河南荥阳市）。

唐文宗开成二年，李商隐登进士第，曾任秘书省校书郎、弘农尉等职。因卷入“牛李党争”的政治旋涡而备受排挤，一生困顿不得志。唐宣宗大中末年，李商隐在郑县病故，死后葬于祖籍怀州雍店（今沁阳山王庄镇）之东原的清化北山下。

李商隐是晚唐乃至整个唐代，为数不多的刻意追求诗美的诗人。他擅长诗歌写作，骈文的文学价值也很高，和杜牧合称“小李杜”，与温庭筠合称“温李”。其诗构思新奇，风格秾丽，尤其是一些爱情诗和无题诗写得缠绵悱恻，优美动人，被广为传诵。但部分诗歌也过于隐晦迷离，难于索解，有“诗家总爱西昆好，独恨无人作郑笺”之说。

诗歌赏析

《锦瑟》是李商隐的代表作之一，因其语言意境朦胧含蓄、诗意主旨扑朔迷离，历来被认为是李商隐诗作中最难被解读的作品之一。这首诗以全诗起句的头两个字“锦瑟”为题，但一般认为这首诗与瑟事无关，而是另有所指，实为一篇借锦瑟抒情的“无题”之作。

首联“锦瑟无端五十弦，一弦一柱思华年”中的“无端”

是无缘无故的意思。这句诗说的是锦瑟不知什么缘由，本来就有五十根琴弦，似乎隐约流露出一丝无可奈何之感。古代乐器，琴有五弦，筝有十三弦，而瑟却有五十弦，诗人在首句中强调琴弦之多的用意，在下句“一弦一柱思华年”中被点破。所谓“思华年”是指追忆美好的年华。锦瑟的弦有五十之众，而“一弦一柱”又都与诗人的体验、感悟有关。诗人通过这一句，将对客观事物的描写自然过渡到对自身情感的抒发上。锦瑟需要有多达五十根琴弦才能表现诗人丰富的情感体验，暗示了诗人人生经历之曲折、坎坷以及诗人的无尽感怀。“思华年”反过来表明如今诗人处在“华年”已经逝去的人生低谷中，因而诗人在开篇就奠定了沉郁低回的情感基调。

颔联以下连用四个典故，意境朦胧，解读上富有多重可能性，因而也吸引了无数读者对其反复吟咏咀嚼、揣摩玩味。

颔联上句“庄生晓梦迷蝴蝶”是从《庄子》中借用了“庄生梦蝶”的典故，表现人生真实与虚妄的不确定性、虚幻性，为全诗笼罩上迷离的面纱。下句“望帝春心托杜鹃”以杜鹃啼血的典故表现出诗人在听琴瑟乐声、追忆美好年华后产生的如闻杜鹃之凄音、送春归去的无限悲感。

颈联“沧海月明珠有泪”把几个典故糅合在一起。珠生于蚌，蚌在于海。古人认为，每当夜静月明，蚌就会向月张开以涵养其珠，珍珠吸收月的光华，便会更加光莹。而泪以珠喻，也是自古为然。李商隐用鲛人泣泪，颗颗成珠的传说神话，表现皎月落于沧海之间，明珠浴于泪波之界，构成一幅空灵奇异、幽静感伤的画面。

晋代文学家陆机在他的《文赋》中写道：“石韫玉而山辉，水怀珠而川媚。”晚唐诗人司空图，引用过戴叔伦的一段话：“诗家美景，如蓝田日暖，良玉生烟，可望而不可置于眉睫之前也。”其中的蓝田是山之名，位于今日的陕西，是有名的玉石产地。此山为日光煦照，蕴藏其中的玉气便冉冉升腾，但古人认为，美玉的精气可以远眺得见，但如果近观则又无法察觉，所以说是“可望而不可置诸眉睫之下”。因此，这一句代表了一种异常美好，但不能把握且无法亲近的理想景色。总的来说，颈联下句既具有高旷皓净的画面意境，又带有凄苦孤寂、感伤怅惘的意味。颈联上下两句对仗工整、意境协调、意蕴丰富，却又难以言说，历来被认为是难得的佳句。

在诗歌的颔联、颈联中，诗人连用庄生梦蝶、杜鹃啼血、沧海珠泪、良田生烟等典故，朦胧委婉地营造意境，表达自己的情感。庄生梦蝶，表现人生的恍惚和迷惘；望帝春心，包含苦苦追寻的执着；沧海鲛泪，具有一种阔大的寂寥；蓝田日暖，传达了温暖而朦胧的欢乐。诗人从典故中提取的意象是那样的神奇、空灵，他的心灵向读者缓缓开启，华年的美好、生命的感触等皆融于其中，却只可意会不可言说。

尾联以“此情可待成追忆，只是当时已惘然”收束全诗。其中所谓“此情”，即是诗歌开端所说的“思华年”之情，诗歌首尾呼应，使整首诗构成一个闭合的环形。这句诗句的大意是说：如此情怀，岂待今朝回忆之时方感无穷怅恨？早在当时已是不胜怅惘了。对于一般普通人，往往是人到老年，才会追思以往，深憾青春易逝，功业无成，光阴虚度，碌碌无为，悔恨无穷。但对于内心敏感的诗人而言，在当初事情刚发生时，就早已先知先觉，却无可奈何，无限怅然若失。这就是诗人李商隐借锦瑟而自况。

诗人大量用典，采用比兴手法，运用联想与想象，把听觉的感受转化为视觉形象，以片段意象的组合，创造朦胧的境界，从而借助可视可感的诗歌形象来传达真挚浓烈而又幽约婉曲的深思，含义朦胧，耐人寻味。

“锦瑟难解”的故事

李商隐天资聪颖、敏感多思，二十出头便考中进士。然而，举鸿科大考因遭人嫉妒而未中，从此怀才不遇，历经坎坷。李商隐在当时“牛李党争”激烈的政治斗争中左右为难，屡遭排斥，大志难伸。李商隐中年丧妻，雪上加霜的是又因写诗抒怀，遭到贬斥。

《锦瑟》是李商隐的代表作，此诗为诗人晚年所作，其创作意旨历来众说纷纭，莫衷一是。宋刘攽《贡父诗话》云：“《锦瑟》诗，人莫晓其意，或谓是令狐楚家青衣也。”[①]《苕溪渔隐丛话》前集卷二十二引黄朝英《缃素杂记》曰：“义山《锦瑟》诗云……山谷道人读此诗，殊不解其意，后以问东坡。东坡云：

① 何文焕.《历代诗话》，中华书局，1987。

'此出《古今乐志》，云：锦瑟之为器也，其弦五十，其柱如之。其声也适、怨、清、和。'案李诗'庄生……'，适也；'望帝……'，怨也；'沧海……'，清也；'蓝田……'，和也。一篇之中，曲尽其意。史称其瑰迈奇古，信然。"[①] 元好问《论诗绝句》云："望帝春心托杜鹃，佳人锦瑟怨华年。诗家总爱西昆好，独恨无人作郑笺。"以上咏"青衣"（"艳情说"）为小说家言；"咏锦瑟说"颇得宋人认同。明人胡应麟于此二说皆疑之。其后说者纷纭，大抵有"自伤生平说"（清何焯、汪师韩、薛雪、宋翔凤）、"悼亡说"（清朱鹤龄、朱彝尊、何焯、冯浩、程梦星、姚培谦、近人张采田、孟森等）、"政治寄托说"（清杜诏，近人张采田、岑仲勉等）、"诗序说"（清何焯、王应奎）、"寄托不明说"（清屈复、近人梁启超）、"自寓创作说"（钱钟书）等。其中持"悼亡说"和"自伤说"者较多。然"悼亡说"实际上也是"自伤说"的内涵之一，故"自伤说"似更圆通。

第五节 "湘灵鼓瑟"的故事

唐诗

湘灵鼓瑟

钱 起

善鼓云和瑟，常闻帝子灵。

---

① 魏庆之编.《诗人玉屑》，上海古籍出版社，1978。

冯夷徒自舞，楚客不堪听。
苦调凄金石，清音入杳冥。
苍梧来怨慕，白芷动芳馨。
流水传湘浦，悲风过洞庭。
曲终人不见，江上数峰青。

作者介绍

钱起，唐代诗人。字仲文，吴兴（今浙江省湖州市区）人。唐玄宗天宝九年登进士第，曾任蓝田尉，官终尚书考功郎中。“大历十才子”之一。诗以五言为主，多送别、酬赠之作，长于写景，有关山林诸篇，常流露追慕隐逸之意。与刘长卿齐名，称“钱刘”；又与郎士元齐名，称“钱郎”。有《钱考功集》。

诗歌赏析

钱起是中唐时期最著名的诗人之一，他和郎士元齐名，此二人为当时诗坛领袖，在当时被称为“钱郎”。此外，钱起还与卢纶、吉中孚、韩翃、耿湋、司空曙、苗发、崔峒、夏侯审、李端等九人合称“大历十才子”。高仲武编《中兴间气集》，卷上第一人就是钱起，可见其在当时诗坛的地位。这首《湘灵鼓瑟》为钱起参加省试时所作，传诵一时，奠定了钱起在诗坛的声名。

钱起的这首《湘灵鼓瑟》作为考场试帖诗，在写法上紧扣题目要求，在开头两句便概括题旨。“善鼓云和瑟，常闻帝子灵”中“云和”是山名，“帝子”意为尧帝之女，即娥皇女英，也就是题目中所说的湘灵。这一句直接点出湘水女神擅长鼓瑟，并化用了屈原《九歌·湘夫人》中“帝子降兮北渚”的语句，描写湘灵女神在湘水之滨轻抚云和瑟，弹奏如泣如诉的哀伤乐曲。在诗歌的开篇就直击题意，营造出缥缈迷离、怅惘哀婉的意境氛围。

“冯夷空自舞，楚客不堪听”中的“冯夷”是古代传说中的水神。这句诗说的是湘灵的琴声曲折优美、感人至深，使得水神冯夷都不禁随着琴声起舞。然而诗人用一个“空”字，表现出冯夷起舞，只是被乐曲动听的旋律打动，恐怕未必能够理解乐曲中哀婉的深情。真正能够听懂湘灵所演奏的乐曲，真正能够体会乐曲中哀怨的情感的，是人间那些被贬谪过湘水的“楚客”。这些“楚客”领略了湘灵深藏在乐声里的哀怨心曲，联系自身的人生境遇，不禁悲从中来，以至于不忍卒闻。

接下来的诗句中，诗人进一步紧扣“湘灵鼓瑟”的题旨，通过侧面描写表达湘灵瑟声的感染力。

“苦调凄金石，清音入杳冥。苍梧来怨慕，白芷动芳馨”写湘灵的瑟声哀婉悲苦，以至于能使坚硬的金石为之含有凄楚之感；瑟声清亢响亮，以至于可以传到那穷高极远的苍穹中去。瑟声传到苍梧之野，感动了殁于苍梧的舜帝之灵，从而使山上的白芷吐出芬芳，与瑟声交相应和。这样的描写，一方面表现了湘灵所奏琴声的清幽远播，另一方面写出了琴声的哀怨感人，更重要的是，诗人紧紧扣住了传说中湘灵与舜帝的凄婉爱情故事，通过夸张的描写和浪漫的想象描绘出一个奇异的世界，使作品具有瑰丽的神话色彩。

“流水传湘浦，悲风过洞庭”写湘灵所奏乐曲在湘水之源形成一股强劲的悲风，顺着流水，刮过八百里洞庭湖。在广漠空间的表现中，使乐曲进入了最高潮。在此时，湘灵的哀怨之情通过诗人的想象得到了酣畅淋漓的抒发和表现。

全诗最后一句“曲终人不见，江上数峰青”呼应开头，首尾圆合。全诗从湘水女神出现开始，以湘水女神消失告终，形成一个整体。全诗以景结情，诗境从虚幻世界猛然被拉回到现实世界，全诗波澜起伏的情感在静穆的画面中得以凝固，在诗歌高潮的戛然而止中成为永恒，留给读者无限的回味与遐想空间。

“湘灵鼓瑟”的故事

天宝十年省试的诗题是“湘灵鼓瑟”，这个题目摘自《楚辞·远游》中的“使湘灵鼓瑟兮，令海若舞冯夷”。这两句诗中包含着一个美丽的传说：相传，尧帝有两个女儿，一个名叫娥皇，一个名叫女英，她们都嫁给舜帝，成为舜帝的妃子。后来，舜帝南巡，不幸死于苍梧，二妃因悲伤过度，不久也死于湘江之滨。民间相传，娥皇、女英死后成为湘水之神，故称为“湘灵”，这里的“灵”就是神灵的意思。在神话传说中，湘灵常常在月夜弹琴鼓瑟，声调悲凄，感动从此经过的旅客。屈原作《九歌》，其中的《湘君》《湘夫人》都是对湘灵故事的艺术再加工。

诗人钱起年轻时在家乡已有诗名。天宝九年，他住在京口旅馆中。一个月夜，听到有人在院子里吟诗，走来走去只吟着两句："曲终人不见，江上数峰青。"钱起走到院子里，却没有寻到吟诗之人。他觉得很奇怪，但也暗中把这两句诗记住了。第二年，钱起到长安去参加礼部的考试，试题便是"湘灵鼓瑟"。于是，钱起就用这两句诗作了结尾。主考官看了试卷后，非常欣赏这个结尾，以为"必有神助"，于是录取了他。从此这首诗就成为试帖诗中的著名作品。

第六节　"红叶题诗"的故事

唐诗

题红叶

韩　氏

流水何太急，深宫尽日闲。
殷勤谢红叶，好去到人间。

作者介绍

《题红叶》相传为唐宣宗时宫女韩氏所作的一首五绝。

诗歌赏析

这首《题红叶》主要表现深宫中妙龄宫女的内心情感。诗歌开头并没有直接抒发情感，而是从流水写起。责问流水为何匆匆而去，反衬出深宫生活之“闲”。“闲”本是一种自在的生命状态。然而，诗句中的“闲”绝不等同于“闲适”之“闲”。从“尽日”中的“尽”字可以看出，宫女韩氏所要说的，实际上是一个长期幽闭在深宫生活的生命，在无聊中渐渐蹉跎的无奈感伤。对于一位妙龄女子来说，青春时光本应当对未来的生活充满希望和幻想。然而一旦进入宫中，高高的宫墙就将这样一个鲜活的青春生命囚禁起来，阻断了她对生活的所有期许。宫女韩氏有感于此，抒发流年似水、光阴易逝、青春虚度、岁月难遣、闲愁似海、度日如年之苦，也是顺理成章的。

在写法上，诗人非常巧妙地运用了“流水”这一意象。一方面，古人以流水表现时光流逝有着悠久的历史，《论语》中孔子叹息“逝者如斯夫，不舍昼夜”，即为借流水表现时光匆匆不返、生命短暂的典型代表。这首《题红叶》表现宫女青春空逝的蹉跎感与无奈感，运用流水意象起兴是非常恰当的。另一方面，“流水”之“急”与深宫生活之“闲”形成鲜明的对比，进一步凸显了宫女的生活闲闷无聊之甚，也委婉地表现出抒情主人公在青春不停流逝的巨大压力下，心中苦闷不安，急切烦躁又无可奈何。

后面的“殷勤谢红叶，好去到人间”两句不从正面表现抒情主人公的处境和心情，运笔更加曲折含蓄。抒情主人公并不直说自己厌弃深宫生活，渴望回到民间过平凡人的生活，而是寄情于红叶，表达出她身受幽囚的愤懑、对自由生活的憧憬以及冲破樊笼的强烈意愿。红叶得以自由地飘向人间，而活生生的青春的生命却只能被幽囚于深宫高墙之中，无意义地被燃烧、消耗，在强烈的反差中表现出无尽的哀愁和强烈的控诉。可以说，这首诗就贵在情真意切又节制曲折，从而将宫女精神生活的压抑表现得更为淋漓尽致。

“红叶题诗”的故事

唐代范摅所撰《云溪友议》中记述：在唐宣宗时，诗人卢渥赴长安应举，偶然途径御沟旁，瞥见一片红叶上竟然有题字。卢渥拾取一看，上面赫然有一首短诗，细细读来，诗句真切动人，于是卢渥就将这片红叶收藏在巾箱内。后来，卢渥娶了一位被遣出宫的姓韩的宫女。一天，韩氏见到箱中的这片红叶，叹息道：“当时偶然题在诗叶上，随水流去，想不到竟被收藏在这里。”

《红叶题诗》的故事又见于孟启的《本事诗》中。中唐诗人顾况在洛阳时与三位诗友在上阳宫宫廷苑囿游玩，看到随着流水从宫墙内漂来一片梧桐树叶，上面写有一首诗：“一入深宫里，年年不见春。聊题一片叶，寄与有情人。”第二天顾况走到流水的上游，也题了一首诗在叶上，让它随着流水飘入宫墙内。

诗曰："花落深宫莺亦悲，上阳宫女断肠时。帝城不禁东流水，叶上题诗欲寄谁。"过了十多天，有人到苑中踏春，又在红叶上得到一首诗，便将其拿来给顾况看。红叶上写着："一叶题诗出禁城，谁人酬和独含情。自嗟不及波中叶，荡漾乘春取次行。"这位宫女在宫中生活究竟如何，后来又经历了怎样的人生，历史上并没有过多的记载，但这位宫女的心境，无疑是千千万万如同她一样的平凡宫女的真实写照，令人唏嘘感慨。

第七节 "一片冰心"的故事

唐诗

芙蓉楼送辛渐

王昌龄

寒雨连江夜入吴，平明送客楚山孤。

洛阳亲友如相问，一片冰心在玉壶。

作者介绍

王昌龄（698—约757），唐代诗人，字少伯。京兆长安（今陕西西安）人。开元十五年登进士第，任秘书省校书郎。曾与孟浩然交游。开元二十二年，王昌龄又应博学宏词科登第，授汜水（今河南巩义市东北）县尉。开元二十七年，因事被贬谪岭南，途经襄阳时，孟浩然赠他一首《送王昌龄之岭南》。经湖南岳阳，他送李白一首《巴陵送李十二》。次年，他由岭南北返长安，并于同年冬天被任命为江宁（今江苏南京）县丞，世称王江宁。在江宁数年，又受谤毁，被贬为龙标（今湖南黔阳）县尉。李白有《闻王昌龄左迁龙标遥有此寄》诗，就是对王昌龄寄予深切的同情与怀念。安史乱起，王昌龄弃官居家，为濠州刺史闾丘晓所杀。王昌龄长于七绝，被称为七绝圣手，诗作构思绵密，含蓄从容，有《王昌龄集》。

诗歌赏析

这首诗写于天宝元年。当时王昌龄在江宁（今江苏南京）任职。诗歌题目中提到的辛渐是王昌龄的一位朋友，他当时由润州渡江，取道扬州，北上洛阳。王昌龄送别辛渐并写下两首诗歌赠别，上面这一首为其中之一。

这首诗从环境描写起笔，“寒雨连江夜入吴”交代了送别的地点以及当时的环境。其中“连江夜入吴”中的“连”字字表现出雨势的连绵不断，“入”字体现了江雨悄然而来的动态，诗人因满怀离情而一夜未眠的情景不难想见。在秋雨萧瑟、江天迷蒙的环境描写中，自然渲染了离别的黯淡忧郁气氛，将外在的客观世界与诗人的主观内心情感融合在一起。“夜入吴”中“吴”指广袤的江南一带，体现出诗人境界之开阔，即使写的是一首送别诗，也没有一丝卑格。

接下来的“平明送客楚山孤”延续了前面一句开阔的意境。

“平明”交代了送客的时间，“楚山”则点出了友人身影的隐没之处，而“孤”字，一语双关，既可以理解为远方孤峙的楚山，又可以理解为诗人此时内心情感的投射。“楚山孤”是诗人眼前所见之景，诗人远眺楚山，委婉地写出了诗人送别时伫立眺望时间之久，曲折地表现出诗人对友人浓烈的不舍之情，以及诗人自己的孤独之感。

此时的友人即将回到洛阳与亲友相聚，而独自留在吴地的诗人却只能像这孤零零的楚山一样，伫立在江畔空望着流水逝去。一个“孤”字自然地引出了后面的两句临别叮咛之词。诗人从清澈无瑕、澄空见底的玉壶中捧出一颗晶亮纯洁的冰心向友人表明心迹，比任何相思的言辞都更能表达出他对洛阳亲友的深情，这两句诗语言细致精密，给人以冰清玉洁之感。

“一片冰心”的故事

“一片冰心在玉壶”，即所谓“自明高志”。其中“冰心”二字见于《宋书》卷九十二：“冰心与贪流争激，霜情与晚节弥茂”。这是刘宋时代“清平无私”“为上民所爱咏”的良吏陆徽的话。

早在六朝，鲍照就曾在《代白头吟》中把高洁清白的品格比喻成“玉壶冰”。陆机《汉高祖功臣颂》中有“周苛慷忾，心若怀冰”，唐开元年间宰相姚崇作《冰壶诫》“夫洞澈无瑕，澄空见底，当官明白者，有类是乎。故内怀冰清，外涵玉润，此君子冰壶之德也"，大致都是"不牵于宦情"之意。盛唐诗人如王维、崔颢、李白等都曾借冰壶表现对光明磊落、表里澄澈的品格的追求。王昌龄托辛渐给洛阳亲友带去的口信不仅仅是平安的讯息，还传达了自己依然冰清玉洁、坚持操守的信念，是大有深意的。

第八节　"诗人与驴"的故事

宋诗

剑门道中遇微雨

陆　游

衣上征尘杂酒痕，远游无处不消魂。
此身合是诗人未？细雨骑驴入剑门。

作者介绍

见 150 页。

诗歌赏析

《剑门道中遇微雨》是南宋孝宗乾道八年冬，陆游由当时的抗金前线重镇南郑被调往成都途中，行经剑门关时所作。

陆游在南郑时任四川宣抚使王炎幕中的左承议郎，能够参与到当时抗金军事部署的前线核心。此行前往繁荣的大城市成都是要去担任成都府安抚使司参议官一职。当时的安抚使是陆游的好友、著名的诗人范成大，自然可以多多照应陆游。可以说，此行陆游是由危险而入太平，由偏僻而入繁华。然而诗人似乎另有一番心境。

诗人在创作这首诗时，将句子的顺序进行了富有创造性的调整、安排，别有一番意味。

这首诗开篇第一句“衣上征尘杂酒痕”，以非常细腻的笔触，抓住衣服上沾染的旅途中的灰尘和杂乱的酒痕进行描写，着墨不多却将旅途的艰辛和诗人的潦倒苦闷表现了出来。第二句“远游无处不消魂”，直接写明诗人当时“远游”的境况和“消魂”的心境，将内心情感更为强烈、深沉地表现出来。

诗人内心“消魂”的心境是缘何而起的呢？

陆游在另一首题为《秋晚思梁益旧游》的诗中写道：“三十年间行万里，不论南北怯登楼。”试题中提到的“梁”指的就是南郑，而“益”则指成都。可见，“远游无处不消魂”中诗人此时的“消魂”感受不是偶然的，而是对多年奔走、徒劳、受挫的情感郁结的抒发。而这正与“无处”（即无一处、处处）一词相呼应。“衣上征尘杂酒痕”，征尘不仅仅是此行的征尘，更是诗人一生奔波的征尘。酒痕亦不仅仅是近日之酒痕，而是一生壮志未酬，处处伤心的点点痕迹。须知，有形的酒痕之下，更有诗人心中无形的泪痕。

结合陆游的生平、本诗的写作背景，这首诗饱含的衷情难诉、壮志难酬的情感已经比较鲜明了。

然而诗人第三四句，将平淡的口语入诗，并使诗韵、诗意进一步丰富。

“此身合是诗人未?”诗人自问一生应该做一个诗人吗?遥想自己少年时代耳濡目染的亡国之恨，青年时代“万里觅封侯”的豪言壮语，可以想见，诗人对自己人生的定位是“铁马冰河”、为国驰骋的将帅，而绝对不仅仅是骑驴入蜀的一介诗人。“铁马秋风大散关”的梦想与“细雨骑驴入剑门”的现实反差之大，要联系诗人的整个生命方能体会一二。古代诗人多有骑驴，但陆游骑驴，全无闲适雅兴之味，纯然是潦倒境遇的真实写照，包含了诗人对人生失意的自嘲与调侃。

由此，我们更会强烈地感受到，在抑郁中自嘲，在自嘲中更显抑郁；在沉痛中调侃，在调侃中更显沉痛。

从艰苦的战地到繁华的都市，多少人会为之欣喜雀跃。然而陆游如此沉郁，所为的全然不是自己一己功名境遇的得失祸福，而是始终将自己个人的命运与国家、民族联系在一起。这才是真正的陆游。

“诗人与驴”的故事

《剑门道中遇微雨》这首诗中“此身合是诗人未?细雨骑驴入剑门”一句以骑驴来勾勒诗人的身份形象。其实，在陆游的诗歌之中写到骑驴的并不只有这一首，在其他作品中也可以得见，如《闭户》:“徇俗不如翻著袜，爱山只合倒骑驴”，因为以驴代步速度极慢，反倒成全了诗人悠然看山的雅致。《春晚》中写道："山阴道上柳如丝，策蹇（驴）悠悠信所之"，又在《山村经行因施药》写道："驴肩每带药囊行，村巷欢欣夹道迎"，表现出晚年的陆游闲居生活的悠然自得。看来陆游对驴子倒是有几分偏好。

然而，翻看整个中国诗歌历史，与驴结缘、以驴入诗的诗人又何止陆游一位？秦观在《忆秦娥·灞桥雪》写道："驴背吟诗清到骨，人间别是闲勋业。云台烟阁久销沉，千载人图灞桥雪。灞桥雪。茫茫万径人踪灭。人踪灭。此时方见，乾坤空阔。骑驴老子真奇绝，肩山吟耸清寒冽。清寒冽。只缘不禁，梅花撩拨。"

唐代诗人贾岛骑驴吟诗，冲撞了高官韩愈，随即探讨起"僧敲月下门"好还是"僧推月下门"好，引出一段有关炼字"推、敲"的佳话。这则故事中，驴也参与其中。

杜甫"平明骑驴出，未知适谁门""骑驴十三载，旅食京华春"的诗句，写出了诗人一副潦倒之态。对此苏轼曾经写诗道："杜陵饥客眼长寒，蹇驴破帽随金鞍"，正将其中贫寒况味点出。值得一提的是，苏轼见到已是暮年的政敌王安石，赋诗一首，其中写道："骑驴渺渺入荒陂，想见先生未病时。劝我试求三亩宅，从公已觉十年迟。"也是以骑驴来刻画一代风云人物的晚年境况。

《北梦琐言》记载诗人郑綮做官后，有人问他："相国近有新诗否?"郑綮回答："诗思在灞桥风雪驴背上，此处何以得之?”直接点明诗人心中的一点诗情诗思是与驴子紧密联系的。

诗人与驴为何结下了不解之缘?其中有何道理呢?

一来，驴行动缓慢，摇摇晃晃，本身是与诗人吟咏诗歌的心理节奏相吻合的。诗人阿眉在《檐下草》中将此阐发得很清楚：“驴的意象富于徘徊情致，不疾不徐。徘徊近于思索，思索近于吟味，吟味近于推敲，推敲近于领悟，那时也就走入诗境了。”

二来，打马扬鞭，总有高高在上之感。骑着摇摇摆摆的小毛驴行在市井与乡村，获得的是一种贴近平凡生活的快乐。这与中国诗人的精神追求和审美趣味是相契合的。

此外，驴子比马低贱，但又聊胜于无，骑驴正是诗人，尤其是仕途不顺的诗人清贫与潦倒的真实写照。王梵志有诗自嘲：“他人骑大马，我独跨驴子。回顾担柴汉，心下较些子。”写的正是诗人这种居于贫寒而又在隐隐不甘与悠然自适的矛盾中摇摆的微妙心态。

第九节　“洛阳牡丹”的故事

宋诗

戏答元珍

欧阳修

春风疑不到天涯，二月山城未见花。

残雪压枝犹有橘，冻雷惊笋欲抽芽。

夜闻归雁生乡思，病入新年感物华。
曾是洛阳花下客，野芳虽晚不须嗟。

作者介绍

欧阳修（1007—1072），字永叔，号醉翁，晚年号六一居士。庐陵（今江西吉安）人。北宋文学家、政治家、史学家，谥号文忠，有《欧阳文忠公集》。

欧阳修的父亲早逝，欧阳修的母亲用荻杆在地上写字为欧阳修启蒙。宋仁宗天圣八年欧阳修考中进士，担任西京留守推官，并与尹洙、梅尧臣等诗人结识交往，以诗唱和。后来，欧阳修入朝任馆阁校勘一职，直到范仲淹遭贬谪。欧阳修因对谏官高若讷有所指责而被贬为夷陵县令、乾德县令。其后又担任馆阁校勘、进集贤校理、任龙图阁直学士、河北都转运按察使等职，后因事降知滁州、扬州、颍州、开封府，之后又以翰林学士知贡举，拜枢密副使、参知政事、刑部尚书、兵部尚书等，以太子少师退归。

欧阳修是北宋诗文革新运动的领袖，在文学思想上继承并发展了韩愈的古文理论，主张文以明道，文以致用，强调文道结合，极力反对浮艳华靡的文风，对整个北宋文坛风气具有极大的影响。其散文或针砭时弊，或以古鉴今，或寄情山水，或以景抒怀，都具有极高的艺术水平。欧阳修在诗歌方面，殊有意境，清丽秀美，注重诗歌的“气格”，语言上平易疏畅。欧阳修的《六一诗话》开历代诗话的先河，对后世诗歌创作、欣赏及研究有深远的影响。

诗歌鉴赏

这首《戏答元珍》写于宋仁宗景祐四年，当时的欧阳修正被贬，担任峡州夷陵县令，从这首诗中可以体会到诗人当时的心境。

整首诗以描写夷陵山城春景的萧瑟凄凉开篇。二月本应当是花卉吐露芬芳的时节，然而此时此地的山城依然有着压枝的残雪，欲赏花景不知还需多少时日。诗歌前两联看似平实写景，然而在山城萧瑟荒凉景象之下的，是诗人在严酷的政治环境中受到打压被贬于外而不得皇恩“春风”的苦闷。

在这样的严酷环境之下，欧阳修并非自怜自艾。虽然自然环境异常艰苦，然而压枝的残雪之下毕竟有桔可供品赏，冻雷初响之下被惊醒的竹笋正为冒出生命的嫩芽而积蓄力量。“残雪压枝犹有桔，冻雷惊笋欲抽芽”两句在首联景物的萧瑟之中已暗暗透露另一种生命的姿态，为尾联的超脱埋下了伏笔。

颈联“夜闻归雁”与“病入新年”反映了诗人贬谪之中的思乡之情以及新年又至、物华更新之际，诗人内心对于时光流逝和人生短暂的感慨。虽然颔联之中已经透露出了解脱的精神力量，然而在颈联中，诗人又堕入被贬谪的惆怅痛苦之中，可见诗人的内心世界反复又焦灼，是充满矛盾的。而正因为有了这些反复、焦灼、矛盾，诗人内心情感的表达才是真诚的。

尾联两句诗人将“洛阳花”与山城之中无名的野花作比，野花虽然生长在野外，花开较迟，但毕竟有着绽放的期望。尾联实为诗人的自我安慰、自我排解。“不须嗟”是诗人自己说给自己听的，用祈使句，表意强烈。诗人告诉自己要振作起来，要积极乐观起来，反倒说明作者内心的矛盾和无奈，看似超脱，实是悲凉，表现出作者平静的表面下更深沉的痛苦，诗味的含蓄迂回就在这些语句中得以呈现。

这首诗写景清新自然，抒情一波三折，将诗人内心的焦灼痛苦、矛盾徘徊真切地表现出来，感人至深。题目冠以“戏”字，声明此篇不过是游戏之作，却借此表达自己的怨刺，写出的恰恰是诗人最真实的内心情感，体现了儒家“怨而不怒”的诗教传统。

“洛阳牡丹”的故事

欧阳修对于洛阳牡丹别有偏爱，他还专门写过一篇研究洛阳牡丹的《洛阳牡丹记》。《洛阳牡丹记》共三章，第一部分介绍了洛阳牡丹的二十四个品种。第二部分介绍了各种花名的由来。第三部分较为详细地介绍了宋代人赏花、贡花的风尚，记载了洛阳牡丹栽种、灌溉、嫁接、养护、运输的方法。文中还说当时洛阳城内无论男女老少、权贵平民都有栽种欣赏牡丹的情趣，对于我们了解北宋都市生活有不少史料价值。

洛阳牡丹有着悠久的历史。在唐代，对牡丹的栽种与品种的培养就已经繁盛起来。到开元年间已经形成了培育牡丹、欣赏牡丹的风气。当时有个叫宋单父的洛阳人善于种花，唐玄宗就命令他到骊山选取不同颜色、不同品种的牡丹种了一万多株，奠定了后来洛阳牡丹高贵的地位和品种繁盛的基础。

唐人刘禹锡所写《赏牡丹》："庭前芍药妖无格，池上芙蕖静少情。唯有牡丹真国色，花开时节动京城。"体现出京城百姓对牡丹的喜爱已经到了痴迷的程度。白居易所写《买花》："帝城春欲暮，喧喧车马度。共道牡丹时，相随买花去。贵贱无常价，酬值看花数：灼灼百朵红，戋戋步束素。……家家习为俗，人人迷不悟。"表现了欣赏牡丹不仅仅是富贵人家的爱好，也是平常百姓的爱好，成为全社会的共同喜好。社会形成对某种花卉集中的观赏与喜爱，一方面展现了当时社会经济已经发展到了相当的高度，另一方面也表现了人们将牡丹与太平盛世联系在一起的文化传统。

北宋时期，对于牡丹的研究，日益深入，出现了一批研究专著，除了欧阳修的《洛阳牡丹记》这一世界上第一部具有重要学术价值的牡丹专著外，周师厚的《洛阳牡丹记》《洛阳花木记》，张峋的《洛阳花谱》，也都对牡丹品种有着详细的分类记录。

第十节 “薄酒明志”的故事

宋诗

薄薄酒二首并序[①]

苏 轼

胶西先生赵明叔，家贫好饮，不择酒而醉。常云：“薄薄酒，胜茶汤；丑丑妇，胜空房。”其言虽俚，而近乎达；故推而广之，以补东州之乐府。既又以为未足，复自和一篇，聊以发览者之一噱云耳。

其一

薄薄酒，胜茶汤。粗粗衣，胜无裳。丑妻恶妾胜空房。五更待漏靴满霜，不如三伏日高睡足北窗凉。珠襦玉柙万人祖送归北邙，不如悬鹑百结独坐负朝阳。生前富贵，死后文章，百年转瞬万世忙。夷齐盗跖俱亡羊，不如眼前一醉是非忧乐两都忘。

作者介绍

见40页。

---

① 张志烈，马德富，周裕锴．《苏轼全集校注》第三册，河北人民出版社，2010。

诗歌鉴赏

“薄薄酒”是宋代比较常见的诗题，一般多以安贫乐道、自得自适的精神为主要表现内容。

该诗开篇“薄薄酒，胜茶汤；粗粗布，胜无裳；丑妻恶妾胜空房”，通过寡淡的薄酒比茶水好，粗陋的麻布衣比没有衣服好，丑陋的妻子比独居空房好这三组对比，表现一种比上不足比下有余的达观者的知足常乐。语言虽然粗浅，所对比的事物也显得少了些诗味，但却是最贴近生活的人生体悟，有返璞归真之趣。

诗人并没有止步于探讨人世的生活层面，而是进一步深化诗歌的主旨。

“五更待漏靴满霜，不如三伏日高睡足北窗凉。珠襦玉柙万人相送归北邙，不如悬鹑百结独坐负朝阳”，这几句同样也是通过对比表现知足常乐的人生态度。然而内容思想上是递进的、深入的。“五更待漏”指的是为追求功名需要在五更天不亮之时入朝等待直到上早朝，如果在天寒地冻之时，那“待漏”就会因寒冷而更加苦不堪言。这里诗人所说的“靴满霜”实际上是一种夸张的说法，以极言冷之苦。与之相比，无意追求名利的高士在三伏酷暑之日安逸地高卧于北窗之下享受清凉，实在是惬意得多。那些追求名利的人即使功成名就，总有一天要被送到北邙山下葬，即使陪葬之物是“珠襦玉柙”，送葬队伍多达万人，又有什么意义呢？还不如那些穿得破破烂烂的独坐大街晒着太阳的普通人，毕竟后者真正享受到了生命本来应有的快乐闲适。

诗人最后以“生前富贵，死后文章，百年瞬息万世忙。夷齐盗跖俱亡羊，不如眼前一醉是非忧乐都两忘”，将之前直观的人生经验与感悟上升到历史和哲学的高度来加以阐发。死亡，这一众人的终极归宿消解了“生前富贵，死后文章”的意义，从而也消解了为名利奔波的价值，这种虚无主义的思想也许是受到了佛教文化的影响。“夷齐盗跖俱亡羊，不如眼前一醉是非忧乐都两忘”，消弥了贤人伯夷、叔齐与恶人盗跖之间的区别，认为他们都丢失了生命的真正价值，不如忘怀得失，这句又明显受到了庄子相对主义和齐物论思想的影响。

从这首诗中，一方面可以感受到苏轼的幽默乐观，旷达自适；另一方面也可以从中看到苏轼融通三教，完善自身生命，开拓人生意趣的独特文化价值。

诙谐幽默的《薄薄酒》

历代诗人多有以《薄薄酒》为题的创作，且大多语言诙谐俚俗而又富有透彻的生命体悟。以下再介绍几首具有代表性的《薄薄酒》诗作，供读者拓展、思考。

薄薄酒

其二

苏 轼

薄薄酒，饮两钟。粗粗布，著两重。美恶虽异醉暖同，丑妻恶妾寿乃公。隐居求志义之从，本不计较东华尘土北窗风。百年虽长要有终，富死未必输生穷。但恐珠玉留君容，千载不朽遭樊崇。文章自足欺盲聋，谁使一朝富贵面发红？达人自达酒何功，世间是非忧乐本来空。

薄薄酒[①]

黄庭坚

薄酒可与忘忧，丑妇可与白头。徐行不必驷马，称身不必狐裘。无祸不必受福，甘餐不必食肉。富贵于我如浮云，小者谴诃大戮辱。一身畏首复畏尾，门多宾客饱僮仆。美物必甚恶，厚味生五兵。匹夫怀璧死，百鬼瞰高明。丑妇千秋万岁同室，万金良药不如无疾。薄酒一谈一笑胜茶，万里封侯不如还家。

薄酒终胜饮茶，丑妇不是无家。醇醪养牛等刀锯，深山大泽生龙蛇。秦时东陵千户食，何如青门五色瓜。传呼鼓吹拥部曲，何如春雨池蛙。性刚太傅促和药，何如羊裘钓烟沙。绮席象床琱玉枕，重门夜鼓不停挝。何如一身无四壁，满船明月卧芦花。吾闻食人之肉，可随以鞭朴之戮；乘人之车，可加以鈇钺之诛。不如薄酒醉眠牛背上，丑妇自能搔背痒。

① 黄庭坚.《外集诗注》卷,《年谱》卷八。

薄薄酒

王 炎

薄酒可成礼，何必饮上尊。丑妇可成室，何必求丽人。人生有欲皆求得，谁能有得终无失。多藏未免诲穿窬，厚味亦能生疢疾。青鞋缓步可当车，不用驷马黄金羁。茅檐之下庇风雨，不用丹碧文榱题。缊袍布衾亦自暖，不用狐裘蒙锦衣。菜羹脱粟亦自饱，不用五鼎羞鲜肥。月盈不偿阙，物盛必有衰。逐客可相亦可夷，饿隶为王又为菹。欲从意满神所忌，吉凶反覆相乘除。吾闻猩猩骂人非不智，以醉就禽犹惜屦。鼋鼍窟穴深更深，卒为人得由贪饵。古来达识照其几，外物视之双弊屣。于陵辞聘宁灌畦，御寇辞粟宁忍饥。逃荣无辱二疏去，今是昨非陶令归。请君莫嫌薄酒薄，瓦瓮匏尊任斟酌。请君莫嫌丑妇丑，荆钗布襦与偕老。天宽地大得自由，如此足矣何多求。

薄薄酒

陈 造

薄薄酒，颜可丹。粗粗布，身不寒。丑丑妇，贫相欢。人生浪行路难，欲不外骛心内安。富贵底用极力奸，政自沐猴求棘端。君不见寒儒肮脏默自守，横前书笈，燕坐瓮牖。麻畦可衣，秫田可酒。抽针纫绽，侑樽鼓缶，齐眉结发，赖有此妇。人不裂眦，事无掣肘。陶陶此兴殊未穷，一身易足天地中。巷东毕公子，为乐渠能同。宅舍颇轩亭，园池亦花草。相过便开樽，掀髯写怀抱。兰芳菊秀梅含春，拂翠匀红随分好。乏爱不无苎衣赠，取醉何妨罶倒。毕公子，吾之乐兮乐自如，一杯对妇兮，布衣蔽其躯。君之乐兮有馀，妓女能楚楚，樽罍应指呼，醉乡宽闲兮吾得俱。设侍以金谷倾城之艳姝，酌以宜城九酝之醪敷。被狐白兮拥罗襦，朝歌暮燕，穷欢极娱。娄酣佁似骄妻孥，外若丰泽中槁枯。吾不彼原犹彼不吾羡。毕公子，方吾徒，狂歌而起舞，更酬而递劝。盖不知南威嫫母之有妍丑，衮衮衣短褐之为贵贱。彼骄其有，殆醯鸡之撇天。贪其取，如蜗牛之交战。益知心怡愉，无穷涂，中焚如，无亨衢。毕公子，倡予和女笙应竽。他年遂初赋，老盍歌归去。尘里无旷怀，人间有同趣。四方向来志，一巢今可具。亦不原黄金为梁桂为柱，茅屋三间近君住。

薄薄酒[①]

于 石

薄薄酒，可尽欢。粗粗布，可御寒。丑妇不与人争妍。西园公卿百万钱，何如江湖散人秋风一钓船。万骑出塞铭燕然，何如驴背长吟灞桥风雪天。张灯夜宴，不如濯

① 于石.《全宋诗》。

足早眠。高谈雄辩，不如静坐忘言。八珍犀箸，不如一饱苜蓿盘。高车驷马，不如杖屦行花边。一身自适心乃安，人生谁能满百年。富贵蚁穴一梦觉，利名蜗角两触蛮。得之何荣失何辱，万物飘忽风中烟。不如眼前一杯酒，凭高舒啸天地宽。

第十一节 “古代分茶”的故事

宋诗

临安春雨初霁

陆 游

世味年来薄似纱，谁令骑马客京华。
小楼一夜听春雨，深巷明朝卖杏花。
矮纸斜行闲作草，晴窗细乳戏分茶。
素衣莫起风尘叹，犹及清明可到家。

作者介绍

见 150 页。

诗歌赏析

淳熙十三年春，陆游因被委以严州知州的职务而到当时的京城临安觐见皇帝。诗人在听候传召之时客居在西湖边的客栈中，百无聊赖之际有感而发，写下了这首广泛传诵的诗作。这首诗表面读来写的是闲情，实则隐含了诗人深深的忧郁，读出此种况味，需要读者对当时诗人的处境与心态有所了解。

陆游时年六十二岁，此前已在家乡赋闲五年。虽然此时的陆游已经不再是当年那个裘马轻狂、渴望封侯于万里的少年，然而，他克复中原的志向始终不曾衰减。一方面，他渴望能够有机会为朝廷为国家做出自己的贡献；另一方面，历经世事的他对南宋朝廷的软弱也有了更为深切的感触。可以说，此时陆游的心中，是兼有失望与希冀的。

怀着这种复杂的心情，陆游在这首诗的首联中就以“纱”作比，借以表现他对于世态炎凉的感触，突出“世味”之“薄”。一个“薄”字，在若有似无之间，写尽陆游一生的感怀，经历无数现实沉重愁苦之后的至真感触，但却能表现的如此举重若轻，形式与情感之间的一轻一重，是值得玩味的。第二句“谁令骑马客京华”，对于一生报国无门的陆游来说，得以有幸奉诏入京，竟然引发他“谁令”的疑问，而“客京华”，终非诗人心系的“梁州”“天山”，恐怕诗人自己是别有复杂感触的。

这首诗的颔联历来广受好评。诗人以清新隽永的语言描写了江南春季别有情致的绵绵春雨和深巷之中雨后的叫卖杏花之声。然而，这两句诗的诗味，又绝不仅仅在对江南春日风物的描写上。读者对于“一夜”二字，是不可轻易放过的，因为这两个字，暗示着诗人整夜没有入睡。春雨淅淅沥沥、无休无止，诗人缘何整夜听雨？显然，作者明说听雨，意味却并不在雨声上，如果不是心中有如同绵绵春雨般的烦乱思绪，诗人定不会如此。诗人当夜的心境是怎样的呢？诗人为什么而感到惆怅难眠呢？联系上下诗句，不难想见，伴着淅淅沥沥的雨声涌上心头的，当是无尽的国事家愁。在这里，深深的孤独感被隐藏得那么深，表现得那么委婉含蓄，甚至被轻柔明丽的“春雨”和“杏花”小心的掩藏起来，而这正是诗人内心最不能被触碰到的伤口。

颈联“矮纸斜行闲作草，晴窗细乳戏分茶”体现的正是这种孤寂心境中诗人难以言表又无法排解的蹉跎感。这一联第一句写诗人闲来写草书打发时间。草书看似肆意，但运笔、布局、构思都需要细细斟酌，完成一幅草书作品往往很花时间。张芝擅草书，但平时都写楷字，有人便问他为何如此，张芝回答说“匆匆不暇草书”，从中可见一斑。陆游也是擅长草书的，在此处陆游以写草书消遣，又在晴日窗前细细品茶打发时间，表面上给人以闲静惬意之感，实则暗藏着诗人客居京华期间满怀壮志却又一筹莫展，只能让时光在无所事事中徒然流去的深深悲哀。读此联，不将之与陆游“铁马冰河”“匹马戍梁州”那种在大时代中建立一番惊天动地的大功业的激越豪情相对照，是不能体会出其中深刻的无聊与悲哀的。

下面诗句中的素衣指未经染色的浅色衣物。晋代陆机在《为顾彦先赠妇》中写道：“京洛多风尘，素衣化为缁。”陆游这首诗的尾联即化用陆机之句，一方面表现羁旅在外的奔波劳苦；另一方面，更以“风尘”为喻，暗指京城中世风污浊，令人有“入鲍鱼之肆，与之俱化”之忧。“素衣莫起风尘叹，犹及清明可到家”，陆游在这一句诗中表现了远离官场污浊，不愿在京城久居的态度。实际上，陆游临安之行本就是赴任前暂居而已，诗人这样写，自我解嘲的意味似乎更浓一些。

这首《临安春雨初霁》与陆游众多或壮怀激烈，或悲愤断肠，或痛切感伤，或忧国忧民的诗作不同，整首诗的情感是非常节制的，所有难解的孤寂悲哀之感都被诗人融化在了娓娓道来的无聊琐事之中，融入淡然的诗意笔触里。这种含蓄的深情既是值得重点关注的，也是值得反复吟味的。

“古人分茶”的故事

这首诗中“戏分茶”对于当代读者来说也许是不太熟悉的。“分茶”又称茶百戏、汤戏或茶戏，始于北宋初年，是在文人雅客群体中流行甚广的一种茶道仪式。

在许政扬所著的《宋元小说戏曲语释》中称“分茶”为烹茶、煎茶。钱钟书在《宋诗选注》一书中对此有不同的理解，说：“‘分茶’是宋代流行的一种‘茶道’”[①]，其定义似乎较前者更为准确。钱仲联的《剑南诗稿校注》则又更进一步，称：“分茶，宋人泡茶之一种方法，即以开水注入茶碗之技艺。”[②]

那么，古人到底是怎样“戏分茶”的呢？我们同样可以从古人的诗句之中得知一二。宋代诗人杨万里《澹庵坐上观显上

① 钱钟书.《宋诗选注》，人民文学出版社，2005。
② 钱仲联.《剑南诗稿校注》，上海古籍出版社，2005。

人分茶》一诗对分茶的做法有比较细致全面的描写，其诗写道："分茶何似煮茶好，煎茶不如分茶巧。蒸云老禅弄泉手，隆兴元春新玉爪。二者相遭兔瓯面，怪怪奇奇真善幻。纷如劈絮行太空，影落寒江能万变。银瓶首下仍尻高，注汤作势字嫖姚。"[①]可见，分茶这一茶道游戏的趣味，就在于当茶与水相遇之时，赏玩形成的各种奇妙图形，文人由此而产生雅致的联想。同时代的陶谷称"茶至唐始盛，近世有下汤运匕，别施妙诀，使汤纹水脉成物象者。禽兽虫鱼花草之属，纤巧如画，但须臾即就散灭。此茶之变也，时人谓茶百戏。"[②] 由于当时中国人的饮茶方式与现在不同，是需要先碾茶为末，类似于在日本保留下来的抹茶，然后单手提执壶注之以热水。王明清《挥麈余话》卷一录蔡京《保和殿曲燕》云："赐花全真殿，上亲御击注汤，出浮花盈面。"又引其《延福宫曲宴记》云："上命近侍取茶具，亲手注汤击拂，少顷，白乳浮盏面，如疏星淡月，顾诸臣曰：'此自布茶。'"由于工序相对复杂烦琐，对于有闲情雅致的文人来说可谓妙趣横生。

后来由于茶类改制，直接冲泡经过炒制的散茶成为主流，分茶游戏也就渐渐淡出了历史舞台。

---

① 杨万里著，王琦珍整理.《杨万里诗文集（下）》，江西人民出版社，2006。
② 陶谷.《清异录》，中国商业出版社，1985。

第六章　笔墨妙意

古代诗歌是中国古代文学中的瑰宝，代表了中国古典语言艺术达到的最高成就。从第一位带着鲜明个人风格进行有意识的诗歌创作的诗人屈原起，历代诗人都在诗艺的道路上苦心求索，以自身的艺术创作实践丰富诗歌艺术的宝库，拓展诗歌表现内容和审美趣味的可能性，推动语言艺术达到更高的成就，其间也留下了许多脍炙人口的有趣故事。

第一节　“夜僧推敲”的故事

唐诗

题李凝幽居

贾　岛

闲居少邻并，草径入荒园。

鸟宿池边树，僧敲月下门。

过桥分野色，移石动云根。

暂去还来此，幽期不负言。

作者介绍

贾岛（779—843），字阆仙，人称诗奴，唐代诗人。范阳县（今河北涿州市）人。早年出家为僧，号无本，自号“碣石山人”。据说在长安（今陕西西安）的时候因当时有命令禁止和尚午后外出，贾岛作诗发牢骚，被韩愈发现其才华，称其为“苦吟诗人”。后来受教于韩愈，并还俗参加科举，但累举不中第。唐文宗开成年间任长江（今四川蓬溪县）主簿。唐武宗会昌年初由普州司仓参军改任司户，未任病逝。有《长江集》。

诗歌赏析

这首诗以“鸟宿池边树，僧敲月下门”一联著称。全诗书写了作者走访友人李凝未遇这样一件寻常小事。

首联“闲居少邻并，草径入荒园”，描写了幽居的周围环境，一条被杂草遮掩的小路通向荒芜不治的小园，近旁亦无人家居住。淡淡两笔，十分概括地写了一个“幽”字，暗示出李凝的隐士身份。

“鸟宿池边树，僧敲月下门”，是历来广为传诵的名句。这两句诗，粗看有些费解。诗人当然不可能连夜晚宿在池边树上的鸟都能看到。这里可以看出诗人的构思之巧，用心之苦。正是由于月光皎洁，万籁俱寂，因此老僧（或许即指作者）一阵轻微的敲门声，就惊动了宿鸟，或是引起鸟儿一阵不安的躁动，或是鸟从窝中飞出转了个圈，又栖宿巢中了。作者抓住这一瞬即逝的现象，来刻画环境之幽静，响中寓静，有出人意料之胜。倘用“推”字，当然没有这样的艺术效果。

颈联“过桥分野色，移石动云根”，是写回归路上的所见。过桥是色彩斑斓的原野，晚风轻拂，云脚飘移，仿佛山石在移动。“石”是不会“移”的，诗人用反说，别具神韵。这一切，又都笼罩着一层洁白如银的月色，更显出环境的自然恬淡，幽美迷人。

尾联“暂去还来此，幽期不负言”，表明诗人不负归隐的约定。前三联都是叙事与写景，最后一联点出诗人心中的幽情，托出诗的主旨。正是这种幽雅的处所，悠闲自得的情趣，引起作者对隐逸生活的向往。

诗中的草径、荒园、宿鸟、池树、野色、云根，无一不是寻常所见景物；闲居、敲门、过桥、暂去等等，无一不是寻常的行事。然而诗人偏偏于寻常处道出了人所未道之境界，语言质朴，冥契自然，而又韵味醇厚。

“夜僧推敲”的故事

关于此诗的创作，还有一个故事。一天，贾岛在京城长安骑驴在官道上行走，吟成《题李凝幽居》这首诗。其中有两句

“鸟宿池中树，僧推月下门”，贾岛觉得诗中的“推”字，用得不够恰当，想把“推”字改为“敲”字，可他又觉着“敲”也有点不太合适，不如“推”好。不知到底是“敲”好还是“推”好。于是他在驴背上，一面嘴里念叨着，一面用手反复比划着推门和敲门两个动作。不知不觉间，他撞上了京兆尹韩愈的仪仗队，随即便被人押至韩愈面前。韩愈十分生气地对贾岛说：“你骑着驴子怎么不朝前面看路?”贾岛慌忙向韩愈赔礼，并将自己刚才在驴上得诗，因斟酌“推”“敲”二字，专心思考不及回避的情形讲述了一遍。韩愈听后，不但没有责备他，反而立马思之良久，对贾岛说：“我看还是用‘敲’好，即使是在夜深人静拜访友人，敲门代表你是一个有礼貌的人！而且一个‘敲’字，使夜静更深之时，多了几分声响。再说，‘敲’字读起来也响亮些。”贾岛听了连连点头称赞，于是把诗句定为“僧敲月下门”。他和韩愈也因此成了朋友。这就是“推敲”典故的由来。

第二节　“一字师”的故事

唐诗

早　梅

齐　己

万木冻欲折，孤根暖独回。
前村深雪里，昨夜一枝开。

风递幽香出，禽窥素艳来。
明年如应律，先发望春台。

作者介绍

齐己（864—943），唐朝晚期著名诗僧，本姓胡，名得生，潭州益阳（今属湖南宁乡）人。齐己的一生经历了唐朝和五代中的三个朝代。864 年，齐己出生于湖南长沙宁乡大沩山同庆寺的一个佃户家庭，家境贫寒。六岁多就和其他佃户家庭的孩子一起为寺庙放牛，一边放牛一边学习作诗，他常常用竹枝在牛背上写诗，诗句语出天然，同庆寺的和尚们为了寺庙声誉，便劝说齐己出家为僧，拜荆南宗教领袖仰山大师慧寂为师傅。

齐己出家后，更加热爱写诗。成年后，他出外游学。登岳阳，望洞庭，又过长安，遍览终南山、华山等风景名胜，还到过江西等地。这段游学生活丰富了他的写作素材，他的不少名作、佳作都是在外游历时写的。齐己游历天下回到长沙时，他的名声已经显赫天下，湖南节帅幕府中的诗人徐东野曾评价他说："我辈所作，皆拘于一途，非所谓通方之士。若齐己，才高思远，无所不通，殆难及矣。"龙德元年，齐己在去四川途中路过荆州，被荆南节帅高季兴挽留，安置在龙兴寺，并任命他为僧正。齐己在荆州，虽然月俸丰厚，但是他并不喜好钱财，于是写了《渚宫莫问篇》十五章，以表明他的高洁志向。齐己在荆州期间写了许多诗，后晋天福八年八十岁时，圆寂于江陵。

死后以《白莲集》传世。

诗歌赏析

齐己的这首《早梅》是一首咏物诗。齐己用清雅明丽的语言，刻画了早梅傲寒绽放、幽雅脱俗的品性，以此寄托自己的意志。该诗状物清润素雅，抒情含蓄隽永。

全诗开篇“万木冻欲折，孤根暖独回”两句，运用对比的手法，突出梅花傲寒的特点。“万木冻欲折”中用“冻”字，较常见的“寒”字更能够强调环境的严酷。“欲折”则是对寒冷程度的进一步强调。对其他植物不堪忍受严寒的狼狈形貌的描写，是为了与第二句中出场的早梅进行对比。“孤根暖独回”描写早梅在严冬中最早恢复生机，一句之中连用意思相近的“孤”“独”二字，在功能上都指向早梅，是多少有些语义重复的弊病。然而，齐己如此使用，意在着力地突出梅花与其他植物的不同之处，在重复之中起到了强化的作用。

在第三第四句“前村深雪里，昨夜一枝开”，“前村”交代早梅生长开放的地点，暗示了早梅甘于平淡、不与世俗争艳的品格。“深雪”照应上面第一句中的“冻欲折”，因为雪大，故而其他树木枝丫几乎为雪所压折，进一步强调了环境的恶劣。“昨夜一枝开”中的“昨夜”，一方面说明了早梅正是在夜晚雪下得最甚的时候开放的，更鲜明地表现了早梅的旺盛生命力和傲然斗雪的姿态；另一方面，早梅在夜晚绽开，也体现了其无意于求得世俗赏识的独立品格。“一枝开”中的“一”，进一步强化了上面“孤”“独”的意味。可见诗人着意表现的正是早梅卓尔不群的孤傲品性。

“风递幽香出，禽窥素艳来”从味觉和视觉的角度描写早梅的芬芳与花色姿态。“风递幽香出”中的“递”在这里是飘送的意思，“递”字给人动作轻柔的联想，在表达效果上，既符合梅花“幽香”清雅的特点，也将无形的花香形象化，仿佛风也对花香充满爱怜，使诗歌更富有情趣韵味。“禽窥素艳来”中的“窥”字是偷偷看的意思，将飞鸟欣赏早梅的神态刻画得惟妙惟肖，富有趣味。“素艳”中得“素”在这里是素雅洁白的意思。“素”与“艳”字相结合是富有新意的，诗人在看似不合理的组合中凸显出早梅的与众不同。诗人在“风递幽香出，禽窥素艳来”两句中将自己的主观情感投射于外界事物上，将无情的风、鸟有情化，从而营造出一个富有情趣和生机的世界，可谓构思巧妙，趣味盎然。

“明年如应律，先发望春台”中的“知”意为了解、遵循，“律”意为万物生长的周期、自然节候的规律，“望春台”则既指观赏春景的高台，又喻指京城。这两句是说，按照自然的规律，到明年此时这支早梅应该还是会在春回大地之前率先开放在高高的望春台吧。这两句诗的奥妙在于一语双关，从字面上看，这两句表现出诗人希望明年还能再见到早梅的动人风姿，承接了上面对早梅动情的描写，表达了诗人对早梅的赞美喜爱之情。但仔细推敲这两句则不难发现，无论是“孤根独回”还是“深雪”

“一枝开”，都隐喻着诗人自己坚贞不屈的清高品格以及怀才不遇、孤芳自赏的失落与不甘。故而，“先发望春台”实际上饱含了诗人渴望明年到京城施展才华的自我期许和远大抱负。

整首诗在构思上借物抒怀，含蕴深藉，表现出诗人怀才不遇、清高孤傲、坚贞不屈、执着自信的节操情怀，又将之不露声色地融入对深雪早梅的描写中，具有“含不尽之意于言外”之妙。

“一字师”的故事

据说，齐己这首《早梅》原来的颔联是“前村深雪里，昨夜数枝开”。他带着这首诗去袁州（今江西宜春）求教于当时的著名诗人郑谷。郑谷在读了齐己这首《早梅》后说：“‘数枝’非‘早’也，未若‘一枝’佳。”说罢就将“数枝开”改为“一枝开”。齐己听他这么一说，又见他这么一改，深为佩服，不觉下拜，惊叹改用“一”字之妙，后人即称郑谷为“一字师”。这个“一字师”的故事也就成为诗坛佳话。

第三节　“任蕃改诗”的故事

唐诗

宿巾子山禅寺

任　蕃

绝顶新秋生夜凉，鹤翻松露滴衣裳。

前峰月映半江水，僧在翠微开竹房。

作者介绍

任蕃，唐末诗人。也叫任翻，或任藩，江南人。出身贫寒，步行到京师去考进士，结果落第而归。于是放浪江湖，吟诗弹琴自娱。有《任翻诗》一卷，又《文章玄妙》一卷，均佚。《全唐诗》存诗十八首。

诗歌赏析

巾子山位于台州临海，临灵江，相传是由皇华真人得道升天时堕下的巾帻而成。任蕃曾三次游览巾子山，这首诗是其第一次夜宿巾子山帻峰寺时所作。首句点出季节、时间与地点，初秋的夜晚，天已经凉了，身在山的绝顶，这份清冷愈发逼人。第二句锁定一个画面，白鹤从松树掠过，枝柯颤动，松针上的露水滴落，打湿了诗人的衣裳。穿着被露水打湿的衣裳，这份凉意更深了一层。“翻”字化静为动，为画面增添了动态。“滴”字可见露重，可见夜深，可见诗人伫立之久。第三句镜头拉开，视野放宽，写临江远眺，月光洒在灵江之上，由于前山高峻，山影遮住了江水，半江清辉，半江幽暗，境界空阔。末句将镜头重新拉近，视线又回到山顶之上的禅房，夜深了，一名僧人在这满山青翠之中推开房门，吱呀一声，这夜更显清幽，与王籍“鸟鸣山更幽”、贾岛“僧敲月下门”有异曲同工之妙。《重订中晚唐诗人主客图》称任蕃“用笔颇生峭，微近阆仙”，阆仙即贾岛。即就本诗而言，的确近于贾岛的风格，如山、鹤、松、露、月、江、僧、竹等意象，幽迥清寂的意境。然而任蕃毕竟是放浪江湖的奇士，没有贾岛的寒窘相。本诗由四个画面构成，远景、近景交相辉映，在章法上开阖较大，境界较开阔，同时语言也较自然流畅，没有苦吟诗人的生涩。

“任蕃改诗”的故事

任蕃第一次游览浙江天台巾子峰，颇有诗兴，便写下一首绝句，其诗写道：“绝顶新秋生夜凉，鹤翻松露滴衣裳。前峰月照一江水，僧在翠微开竹房。”任蕃对这首诗颇为自得，于是将之题于壁上。

第二日，任蕃继续南游，且行且吟。忽然觉得昨日诗中“月照一江水”的“一”字与“前峰”下的实景不甚符合。因江边有高耸的山峰，月色只能映照半江水，故而用表示“全部”的“一”字并不妥当，若用“半”字则更能表现出江水半是清辉，半是幽暗，明暗相映的独特景色，且较“一江水”而言，更有趣味，也更富诗意。

然而，任蕃此时离巾子峰已有一百余里。但他仍然决定返回，将昨日所刻字迹加以修改。待任蕃行到题壁前时，却惊讶地发现昨日所写诗句中的“一”字已被人改成了“半”。任蕃于是大呼：“台州有人！”后人在任蕃题壁处又题了两句：“任蕃题后无人继，寂寞空山二百年。”以此称赞任蕃诗艺的高超，肯定他在诗歌创作上精益求精的精神。

第四节 “脱胎换骨”的故事

唐诗

除夜宿石头驿

戴叔伦

旅馆谁相问？寒灯独可亲。
一年将尽夜，万里未归人。
寥落悲前事，支离笑此身。
愁颜与衰鬓，明日又逢春。

作者介绍

戴叔伦（732—789），唐代诗人，字幼公（一作次公），润州金坛（今属江苏）人。年轻时师事萧颖士。曾任新城令、东阳令、抚州刺史、容管经略使。晚年上表自请为道士。其诗多表现隐逸生活和闲适情调，但《女耕田行》《屯田词》等篇也反映了人民生活的艰苦。论诗主张“诗家之景，如蓝田日暖，良玉生烟，可望而不可置于眉睫之前”。其诗各种体裁皆有所涉猎。有《戴叔伦集》。

诗歌赏析

这首《除夜宿石头驿》写于戴叔伦晚年任抚州（今属江西）刺史时期。从诗题"除夜宿石头驿"可知，这首诗表现的主要内容是"除夜"这一特殊时间在外"夜宿"的所思所感。当时，诗人正寄寓石头驿，可能要取道长江东归故乡金坛（今属江苏）。

第一联"旅馆谁相问，寒灯独可亲"单刀直入地表现诗人在旅夜寄居驿馆中的孤独之感，为全诗奠定了基调。"旅馆"点明了地点，也点明了诗人作为旅人的身份。"谁相问"以反问的语气强烈地表达出无人相问的孤独之感，后一句"寒灯独可亲"中的"独"字即与此相照应。这句诗从字面上看说的是"可亲"，但一个"独"字，强调"亲"的对象不过是仅有的一盏"寒灯"，故而诗人实际上是从反面更加强烈地表现自己在旅途中"无可亲"的感受。"寒"字一方面照应了诗题中的"除夜"二字，写出了环境的寒凉，一盏孤灯并不能使诗人感到温暖。另一方面，"寒"字更是诗人在旅途中孤独心理的写照，可谓一语双关。

第二联中的"一年将尽夜"补充说明这个"夜"是"除夜"，"万里未归人"则强调抒情主人公是离家很远的人。"一"字与"万"字形成强烈的反差，增强了对于"未归人"孤寂情感的表现力度，具有强烈的艺术表现力。

诗人独自寄居于旅馆，在孤独无聊的状态之中自然有所遐想，有所感怀。第三联“寥落悲前事，支离笑此身”就直接表现诗人作为“未归人”在除夕夜独宿驿馆中的思想感情。“寥落悲前事”是说诗人回忆过往的生活，在寥落的心境之中，为之前种种坎坷沉浮的人生遭际感到悲哀。“支离笑此身”中的“支离”在此有漂泊、疲惫的意思。此联上句是自哀自叹，下句是自笑自嘲，无论是叹息还是苦笑，都是诗人此时此刻复杂真实的内心感触。

第四联“愁颜与衰鬓，明日又逢春”紧接上句。“愁颜与衰鬓”是对上句中“此身”形貌的直接描写。诗人在描写自己忧愁衰老的容颜的过程中，融入了生命的悲哀无奈之感。而“明日又逢春”一句扣住了除夕之夜辞旧迎新的特点加以阐发，其中“又”字意为再次，表现出年年如此，诗人对于再次“逢春”并没有抱多少乐观的希望。该句一方面点明题意，另一方面，表达了对于未来命运的忧思与无奈。

这首诗饱含了诗人历经人生坎坷后的感怀，结尾一句给读者留下了无限感怀的空间，可谓言有尽而意无穷。

“脱胎换骨”的故事

这首《除夜宿石头驿》被后人认为是唐人五律中的精品。其中，颔联“一年将尽夜，万里未归人”更为后世所激赏，被认为是唐律中的名句。

其实，这首诗的颔联并非戴叔伦的自创，而是化用了梁武帝《冬歌》中“一年漏将尽，万里人未归”两句。但是戴叔伦调整了两句诗的结构，强调了“夜”和“人”的关系，使前人陈句为己所用，不仅天衣无缝，更在新的语境之中得到了画龙点睛的表现效果。宋代诗人黄庭坚将这种创作现象称作“脱胎换骨”。

脱胎换骨原是道家术语，指通过修炼、服食等手段脱去凡胎而成圣胎，换易凡骨而成仙骨，后来被以黄庭坚为代表的江西诗派借用来指代一种诗歌创作的方法，即点化前人成辞为己作。在宋僧惠洪的《冷斋夜话》卷一中记载：“山谷言：诗意无穷而人才有限；以有限之才追无穷之思，虽渊明、少陵不得工也。不易其意而造其语，谓之换骨法；规摹其意形容之，谓之夺胎法。”[①] 所谓换骨，指在采用前人成辞入诗时，取其意而变换其言辞，令诗句工妙胜于原作；而夺胎则相反，指采用前人之诗时，不变其辞而变其意，使诗意新于原作。

第五节 “蚍蜉撼树”的故事

唐诗

调张籍

韩 愈

李杜文章在，光焰万丈长。不知群儿愚，那用故谤伤。

---

① 惠洪.《冷斋夜话》,《四库全书》第863册，文渊阁本。

蚍蜉撼大树，可笑不自量！伊我生其后，举颈遥相望。
夜梦多见之，昼思反微茫。徒观斧凿痕，不瞩治水航。
想当施手时，巨刃磨天扬。垠崖划崩豁，乾坤摆雷硠。
惟此两夫子，家居率荒凉。帝欲长吟哦，故遣起且僵。
翦翎送笼中，使看百鸟翔。平生千万篇，金薤垂琳琅。
仙官敕六丁，雷电下取将。流落人间者，太山一豪芒。
我愿生两翅，捕逐出八荒。精诚忽交通，百怪入我肠。
刺手拔鲸牙，举瓢酌天浆。腾身跨汗漫，不著织女襄。
顾语地上友，经营无太忙。乞君飞霞珮，与我高颉颃。

作者介绍

韩愈（768—824），字退之，河南河阳（今河南省孟州市）人，自称“郡望昌黎”，世称“韩昌黎”“昌黎先生”。唐代杰出的文学家、思想家、哲学家、政治家。

贞元八年，韩愈登进士第，两任节度推官，累官监察御史。贞元十九年，因论事而被贬阳山，后历都官员外郎、史馆修撰、中书舍人等职。元和十二年，出任宰相裴度的行军司马，参与讨平“淮西之乱”。元和十四年，又因谏迎佛骨一事被贬至潮州。晚年官至吏部侍郎，人称“韩吏部”。长庆四年，韩愈病逝，年五十七，追赠礼部尚书，谥号文，故称“韩文公”。元丰元年，追封昌黎伯，并从祀孔庙。

韩愈是唐代古文运动的倡导者，被后人尊为“唐宋八大家”

之首，与柳宗元并称“韩柳”，有“文章巨公”和“百代文宗”之名。后人将其与柳宗元、欧阳修、苏轼合称为“千古文章四大家”。在旧《广东通志》中被称为“广东古八贤”之一。他提出的“文道合一”“气盛言宜”“务去陈言”“文从字顺”等散文的写作理论，对后人很有指导意义。著有《韩昌黎集》等。

诗歌赏析

韩愈的这首《调张籍》篇幅较长，全诗可分为三个部分。“李杜文章在……可笑不自量”为第一部分。在这一部分中，韩愈以“光焰万丈长”作比，给予李、杜诗文极高的评价。紧接着，韩愈讥斥当时诋毁李、杜的诗人为“群儿”，指出他们的言行是多么不自量力，多么无知可笑。“李杜文章在，光焰万丈长”二句，如今已成为对这两位中国诗歌史上的双子星公认的定评了。

“伊我生其后……太山一毫芒”为该诗的第二部分，也是全诗中语言最为瑰丽的部分。这一部分的主要内容为进一步赞美李白、杜甫在诗歌创作上取得的杰出成就，表现诗人对李、杜的敬佩仰慕。在这一部分中，诗人通过“伊我生其后”等诗句，感叹自己生于李、杜之后，无缘与李、杜结交，只能在梦中瞻仰两位诗人的风采。韩愈用形象的类比表现自己在读到李、杜天才横溢的诗篇时，想象他们挥笔创作时的画面。“徒观斧凿痕，不瞩治水航。想当施手时，巨刃磨天扬。垠崖划崩豁，乾坤摆雷硠”，说的是在李、杜挥笔创作时，仿佛大禹治水那样，挥动着摩天巨斧，山崖峭壁一下子被劈开了，被阻遏的洪水便倾泻出来，天地间回荡着山崩地裂的巨响。韩愈用夸张的笔调突出表现两位诗人创作时非凡的气韵神采。接下来的“唯此两夫子，家居率荒凉。帝欲长吟哦，故遣起且僵。翦翎送笼中，使看百鸟翔”等句，则是感慨李、杜坎坷不遇的人生经历。韩愈想象李、杜人生起伏坎坷的原因是上天要让两位大诗人能不断吟咏出杰作，便故意给予他们更为艰辛的遭际，好比剪了羽毛囚禁在笼中的鸟儿，痛苦地看着外边百鸟自由自在地飞翔。“平生千万篇，金薤垂琳琅。仙官敕六丁，雷电下取将。流落人间者，太山一毫芒”六句，表现诗人为李、杜诗文的散佚感到惋惜。韩愈认为，李、杜二人创作了许多金玉般优美的诗歌，但其中相当一部分被仙官派遣神兵收去了，而得以在人间流传的，只不过是泰山的毫末之微而已。

“我愿生两翅……与我高颉颃”为诗歌的第三部分，这是整首诗想象最为奇特的部分。这一部分的前八句，表达了诗人努力追随李、杜的自我期许，说希望自己能生出两翅，在天地间追寻李、杜的神采。精诚所至，金石为开，诗人于忽然之间仿佛能与李、杜精诚感通，于是千奇百怪的诗境、构思涌入心中，忽而反手拔出大海中长鲸的利齿，忽而高举大瓢畅饮天宫中的仙酒，忽而腾身而起遨游于广漠无穷的天宇中，忽而自由自在咏叹天籁之音，甚至连织女所制的天衣也不屑去穿了。在诗歌最后四句中，韩愈回到诗题“调张籍”上，劝导老朋友张籍：不要总是想要在书堆中寻章摘句、忙碌经营，而是应当与他一同向李、杜学习，在诗歌的广阔天地中展翅高飞。

叶燮在《原诗》中这样评价韩愈的诗作："唐诗为八代以来一大变，韩愈为唐诗之一大变，其力大，其思雄，崛起特为鼻祖。宋之苏、梅、欧、苏、王、黄皆愈为发其端，可谓极盛。"① 这首《调张籍》以雄健的笔力，凌厉的气势，驱使宇宙万象进入诗中，笔势波澜壮阔，恣肆纵横，展现出了宏阔奇伟的艺术境界，集中体现了韩诗"力大""思雄"的特点，是其奇崛雄浑的诗风的典型代表。

"蚍蜉撼树"的故事

韩愈对大诗人李白和杜甫推崇备至，一再表达对二人的崇敬之情和向他们学习的意愿，如《留醉东野》："昔年因读李白杜甫诗，长恨二人不相从。"《城南联句》："蜀雄李杜拔。"《石鼓歌》："少陵无人谪仙死，才薄将耐石鼓何。"《酬司门卢四兄云夫院长望秋作》："远追甫白感至诚。"诗人在《调张籍》中对李杜的推崇达到了顶点。

其实在中唐时期，对李或杜不以为然者大有人在。如元稹《唐检校工部员外郎杜君墓系铭》持杜优李劣论，对李白大加贬斥。韩愈把李杜的批评者比作蚍蜉——一种大蚂蚁，认为他们的对李杜的批评诋毁如同蚂蚁摇晃大树一样，丝毫不能动摇李

① 叶燮.《原诗·内篇·上》，人民文学出版社，1979。

杜的地位，反而愈发显现出自身的渺小可笑。“蚍蜉撼大树，可笑不自量”，其设喻贴切，形象生动，后世提炼为成语“蚍蜉撼树”，用来形容那些不自量力者。

第六节　“春风绿岸”的故事

宋诗

泊船瓜洲

王安石

京口瓜洲一水间，钟山只隔数重山。
春风又绿江南岸，明月何时照我还？

作者介绍

见 27 页。

诗歌赏析

这首《泊船瓜洲》是王安石晚年所作，但具体的写作时间历来有不同说法，较为常见的有以下几种：一为宋神宗熙宁元年，王安石应召自江宁府赴京任翰林学士，途经瓜洲后所作；二为神宗熙宁八年，王安石第二次拜相，自江宁赴京途经瓜洲时所作。无论是何种说法，这首诗写于诗人离开江南钟山返回京城之时是无疑的。

首句“京口瓜洲一水间”写诗人站在瓜洲渡口眺望江对岸的京口，仿佛看见京口与瓜洲只隔着一条江水，距离十分近。这里的距离实际上是双重的，既是现实空间距离的近，又是心理距离的亲近。

次句“钟山只隔数重山”，点出诗人心中所系的便是江宁的钟山。王安石于景佑四年随父王益定居于江宁，从此江宁钟山就成为王安石休憩的港湾，精神的家园，王安石第一次被罢相之后就回到江宁钟山寓居。从这一句中的“数重山”可以看出诗人当时距离钟山实际上已很远，然而诗人恰恰用“只隔”二字，看似不合理，实则正是诗人内心强烈的依恋之情的写照。这首诗的第一二句，实际上反复积蓄对于钟山的留恋之情，为下面“明月何时照我还”之句做了情感上的铺垫、蓄势。

在现实中，钟山毕竟已不是望眼可见的。所以在第三句中，诗人将目光暂时移回到身边江岸的近景。“春风又绿江南岸”中的“绿”字极其富有艺术表现力，历来受到激赏。究其原因，主要有以下几个方面：首先，一般而言，用语言文字难以将无形的“春风”进行形象化的表现，如果仅仅是“春风拂面”“暖风”等触觉的表现又显得落入俗套。而王安石却宕开一层，从春风吹过之后天地生出绿意这一效果入手，既将无形的春风形象化了，又从大处写出了春日万物“绿”这一最为突出的特点。其次，“绿”字本是形容词，在这里诗人打破了语言的一般规律，将“绿”字作动词用，使读者耳目一新，可谓构思奇崛，以奇制胜。再次，春风本无情，然而春风又“绿”江南岸，春风成为“绿”的施动者，从而也就赋予了天地春风以某种灵秀的精神意味，读来颇有妙趣。最后，“绿”字的清新畅快从表面上看体现了江南春色的优美，实际上也优雅含蓄地表现了诗人在经历变法的政治斗争起伏后再次受到朝廷召用时内心的春风得意。

然而，对这句诗的理解又是多层次的。“春风又绿江南岸”中的“又”字不容忽视，诗人也许同时又在说，春风尚且有情给江南带来翠绿的生机与春景，而有情的诗人却只能因为世事羁绊而选择远离这一美好所在，隐隐中又是带着一丝失落与遗憾的。

其实，诗歌巧用“绿”字，在前人的诗句之中并非没有先例，如：李白《侍从宜春苑奉诏赋龙池柳色初晴听新莺百啭歌》中有“春风已绿瀛洲草，紫殿红楼觉春好。”丘为《题农父庐舍》中有“春风何时至？已绿湖上山。”温庭筠《敬答李先生》中有“绿昏晴气春风岸，红漾轻轮野水天。”常建的《闲斋卧雨行药至山管稍次湖庭》中有“主人山门绿，小隐湖中花。”前人的这些诗句或许为王安石提供了借鉴，但从构思的精巧、表意的阔大、画面的动感、层次的丰富等方面来看，王安石的“绿”字确实可以算得上是青出于蓝而胜于蓝。

最后一句“明月何时照我还”点出时间已是夜晚，在空灵的月光之下，诗人心生归隐山林的向往，于是身兼诗人与政治家双重身份的王安石，其内心出世与入世，山野与庙堂之间的矛盾，就在这首诗中形成了一种巧妙的艺术平衡。

“春风绿岸”的故事

王安石的这首《泊船瓜洲》获得了“超然迈伦，能追逐李杜陶谢”（《彦周诗话》）的赞誉，其中“绿”字的巧用可以说占据了主要原因。

其实，王安石起初写这首诗，并没有用“绿”字。据洪迈《容斋随笔》卷八记载：吴中士人藏有这首诗的原稿，初写时是“又到江南岸”，自己圈去“到”字，注曰“不好”；继而改为“过”，又圈去；再改为“入”“满”……这样一共改了十几个字，最后才定为“绿”字。

王安石对于字词的推敲、斟酌使他在语言艺术上的探索之路不断成熟。然而，喜欢推敲斟酌字词的王安石不仅对于自己的诗歌“千锤百炼”，甚至把手伸到了别人的诗作上，见到其他诗人的作品中值得修正的字词也一并加以修改。他为同时期的人改诗，也为古人改诗，《彦周诗话》评论他改谢贞的《春日闲居诗》，将“风定花犹舞”中的“舞”字改作“落”字，“其语顿工”。可见，正是这种对于语言艺术的执着、痴迷使得王安石的文字艺术日臻完美，也正是由于历代诗人在语言艺术上的不断探索追求，中国语言文学才发展到了高度典雅化、艺术化的境界。

参考文献

赵应铎. 中国典故大辞典［M］, 上海：上海辞书出版社，2012年9月.
俞陛云. 诗境浅说［M］, 北京：北京出版社，2016年7月.
闻一多. 唐诗杂论［M］, 北京：北京出版社，2016年7月.
周裕锴. 宋代诗学通论［M］, 上海：上海古籍出版社，2007年12月.
俞平伯等. 唐诗鉴赏辞典［M］, 上海：上海辞书出版社，2013年8月.
缪钺等. 宋诗鉴赏辞典［M］, 上海：上海辞书出版社，2015年6月.
钱钟书. 宋诗选注［M］, 上海：生活·读书·新知三联书店，2014年1月.
胡晓明. 中国诗学之精神［M］, 南昌：江西人民出版社，2001年9月.
李霁野. 唐人绝句启蒙［M］, 北京：北京出版社，2016年3月.
胡云翼. 唐诗研究［M］, 北京：北京出版社，2016年10月.
浦江清. 中国古典诗歌讲稿［M］, 北京：北京出版社，2016年2月.
朱光潜. 诗论［M］, 北京：北京出版社，2016年8月.
周勋初. 唐诗纵横谈［M］, 北京：北京出版社，2016年2月.
王力. 诗词格律概要［M］, 北京：北京出版社，2016年8月.

张中行．诗词读写丛话［M］，北京：中华书局，2012 年 1 月．
何文焕．历代诗话［M］，北京：中华书局，2004 年 9 月．
赵翼．瓯北诗话校注［M］，北京：人民文学出版社，2013 年 3 月．
严羽．沧浪诗话［M］，北京：中华书局，2014 年 4 月．
葛景春．唐诗品汇［M］，北京：中华书局，2015 年 1 月．
章培恒，骆玉明．中国文学史新著［M］，上海：复旦大学出版社，2011 年 1 月．
袁行霈．中国文学史［M］，北京：高等教育出版社，2014 年 5 月．